लावारिस नहीं, मेरी माँ है!

[कहानी-संग्रह]

लावारिस नहीं, मेरी माँ है!

अनिल कुमार पाठक

राधाकृष्ण प्रकाशन

ISBN : 978-93-91950-62-0

लावारिस नहीं, मेरी माँ है!

पहला संस्करण : 2022

मूल्य : ₹395

प्रकाशक

राधाकृष्ण प्रकाशन प्राइवेट लिमिटेड
जी-17, जगतपुरी, दिल्ली-110 051
शाखाएँ : अशोक राजपथ, साइंस कॉलेज के सामने, पटना-800 006
पहली मंजिल, दरबारी बिल्डिंग, महात्मा गांधी मार्ग, प्रयागराज-211 001
36 ए, शेक्सपियर सरणी, कोलकाता-700 017

वेबसाइट : www.radhakrishnaprakashan.com
ई-मेल : info@radhakrishnaprakashan.com

मुद्रक

बी.के. ऑफसेट
नवीन शाहदरा, दिल्ली-110 032

LAWARIS NAHI, MERI MAAN HAI!
Stories by Anil Kumar Pathak

शुभाशंसा

डॉ. अनिल कुमार पाठक के इस कहानी-संग्रह की सारी कहानियाँ रचनाकार के सरल हृदय के तरल उद्गार है। 'किस्सागोई' जो कहानी की सर्वोत्कृष्ट विशेषता है और जो आज की कहानियों से लगभग विलुप्त हो गई है, वह डॉ. पाठक की कहानियों में भरपूर है। जिज्ञासा और कौतूहल भी कहानियों में आद्योपान्त विद्यमान है, प्रतीत होता है कि लेखक ने कहानियों के घटनाक्रमों को अपनी आँखों से साक्षात् किया और हृदय के अन्तस्थल से महसूस किया, तभी सत्य घटनाओं को यत्किंचित कल्पना-संवलित करके कहानी-कलेवर में रूपायित कर दिया जो पाठकों का भी मर्म स्पर्श करती हैं।

'अम्मा बँट गई', 'अम्मा' और 'क्षमा करो बुआ जी'—कहानियाँ अतीत के समाज की भी विडम्बना थीं और आज के समाज की भी भीषण विसंगति। स्वार्थ, लोभ, आत्मकेन्द्रीयता आज की युवा पीढ़ी की नीयत और नियति दोनों हो गई है। 'मयभा महतारी' और 'मौसी' कहानी के निःस्वार्थ, निश्छल स्नेह और कर्तव्यपरायणता में साम्प्रतिक सामाजिकों के लिए आदर्श तथा अनुकरणीय सन्देश सन्निहित हैं। 'कब आओगे लल्ला'—कहानी हमें उस समयान्तराल में ले जाती है जब तार द्वारा अत्यावश्यक और आपातकालिक सन्देश सम्प्रेषित किए जाते थे। कहानी में माँ-पुत्र की आत्मिक, आन्तरिक व स्नेहाप्लावित अपरिहार्यता हृदयस्पर्शी है। उस कथ्य और घटनावृत्त के लिए वह समय अत्यन्त समीचीन है। 'कहाँ हो? दादा जी'—एक सरल हृदय की आर्त पुकार है जिसमें सर्वतोभावेन कर्तव्य समर्पिता बालिका अकारण क्रोध और द्वेष का भाजन बनती है। यह भी घर-घर की कहानी

है। 'चचिया की कचौड़ी' नारी संघर्ष को प्रोत्साहित करने वाली कथा है। 'काकी' में वात्सल्यमयी माँ और कर्तव्यनिष्ठ, श्रद्धाभरित कृतज्ञ भतीजे की कथाभूमि मन को अभिभूत करती है। 'सबेरे-सबेरे' कहानी मानव मन की सहज अनुभूतियों की परिस्थिति प्रसूत परिणति को इंगित करती है। 'लावारिस नहीं, मेरी माँ है!'— कहानी हृदयद्रावक है जिसमें नायक की सहज द्रवणशीलता, पर-दुःख-कातरता और माँ के प्रति गहन कर्तव्यबोध—एक साथ अभिव्यक्त हुए हैं। इसमें लेखक का अति संवेदनशील और परोपकारी चरित्र मूर्त हो उठा है।

सम्पूर्ण कहानियाँ भावजगत् को झकझोरने वाली हैं। नारी की सहनशीलता, संघर्ष, अन्तर्द्वन्द्व, त्याग, आत्मीयता आदि गुणों को मूर्त करतीं ये कहानियाँ विशेष रूप से स्त्री के विविध स्वरूपों, सम्बन्धों और नारी शक्ति पर ही केन्द्रित हैं।

कथाभाषा और शिल्प नितान्त स्वाभाविक, लोकरंग से पूर्ण और प्रवाहमय है। ग्रामीण पृष्ठभूमि और ग्रामप्रचलित शब्दावली का अनायास प्रयोग कहानियों की सरसता, जीवन्तता, रोचकता और स्वाभाविकता को कई गुना बढ़ा देता है।

मैं कहानी लेखक डॉ. पाठक की प्रशासनिक अतिव्यस्तताओं के बीच भी उनकी सतत रचनाधर्मिता के लिए कोटिशः प्रशंसा करती हूँ और विश्वास करती हूँ कि उनकी लेखकीय संवेदना अपनी रचनात्मकता से नित नए गवाक्ष उद्घाटित करती रहेगी। ऐसी मेरी स्वस्तिकामना है।

प्रो. कैलाश देवी सिंह
पूर्व आचार्य एवं अध्यक्ष
हिन्दी तथा आधुनिक भाषा विभाग
लखनऊ विश्वविद्यालय, लखनऊ

मंगलाशा

प्रस्तुत कृति में कुल ग्यारह कहानियाँ संकलित हैं। इन्हें रेखाचित्र भी कहा जा सकता है। कुछ कहानियाँ लघुकथा शिल्प के निकट हैं। प्रत्येक कहानी में चूँकि एक केन्द्रीय घटना है इसलिए इन्हें कथा कोटि में रखना ही अपेक्षाकृत अधिक तर्कसंगत होगा।

ये सभी कहानियाँ मूलत: मातृचरण से सम्बन्धित हैं। कहीं यह माँ, चाची, काकी बनकर आई है, कहीं मौसी बनकर और कहीं बुआ बनकर। ये सभी मातृपदीय हैं। पाठक जी ने इन सबका चारुचरित्र चित्रित करते हुए अन्तिम निष्कर्ष यही दिया है कि माँ सदा क्षमाशीला होती है, वह कभी कुमाता नहीं हो सकती।

इन कहानियों की पृष्ठभूमि में है मध्य-निम्नवर्गीय ग्रामीण जीवन। चारों ओर गरीबी है और संवेदनहीनता है। 'अम्मा बँट गई' कहानी में बेटों के बीच पाख (पक्ष) के हिसाब से अम्मा के भरण-पोषण का जो बँटवारा किया गया है, वह मन को आहत करता है। अधिकतर परिवारों में बेटे-बहू अलग रहते हैं और विधवा माँ अलग। पुत्रों की निगाह उसको मिलने वाली पेंशन पर रहती है। 'अम्मा' नामक कहानी का यही मूल बिन्दु है। पाठक जी ने अधिकतर लावारिस स्त्रियों की दशा और दिशा में अपनी दृष्टि दौड़ाई है। उनकी एक कहानी है—'लावारिस नहीं, मेरी माँ है!' यह वस्तुत: बड़ी मार्मिक है। नायक एक अनाथ स्त्री की दुर्दशा देखकर द्रवित होता है और यह भूल जाता है कि उसने भी अपनी माँ को गाँव में अकेली छोड़ रखा है। एक दिन यह अनाथ महिला दुर्घटनाग्रस्त हो जाती है। शव परीक्षा के बाद उसे लावारिस घोषित कर दिया जाता है। नायक स्वयं उसका दाह-कर्म करता है। पाठक जी ने स्वयं कई ऐसे लावारिस शवों का दाह-कर्म करके एक आदर्श

उपस्थित किया है। कदाचित् यह कहानी आत्मघटित सत्य के रूप में लिखी गई है।

'मौसी' कहानी में एक आदर्श महिला का चरित्र अंकित किया गया है। स्वास्थ्य केन्द्र में नर्स के रूप में सेवारत इस महिला का अभिनन्दन होना है, किन्तु प्रसव-वेदना से छटपटाती स्त्री की सहायता हेतु वह अकस्मात् चली जाती है। अभिनन्दन का लोभ छोड़ देती है। 'मयभा महतारी' कहानी में भी बच्चों को देखने की लालसा अर्थात वात्सल्य का मनोवैज्ञानिक सत्य उजागर किया गया है। 'कब आओगे लल्ला' में भी मरणासन्न माँ की यही ममता मुखरित हुई है। संघर्षशील महिलाएँ पाठक जी को कहीं ज्यादा अभीष्ट हैं। 'चचिया की कचौड़ी' में भी एक ऐसी महिला की कथा लिखते हैं जो पति की मृत्यु के बाद कचौड़ी की दुकान चलाकर अपना परिवार पालती है। आगजनी से उसकी दुकान नष्ट हो जाती है, फिर भी हिम्मत नहीं हारती। इसी प्रकार का उद्दाम साहस 'काकी' में दिखाई देता है। कुछ कहानियों में लेखक ने आदर्शपूर्ण प्रबोधन भी किया है। 'कहाँ हो? दादा जी' कहानी में माँ-बाप से बिछुड़ी संतति को जिस तरह परिवार में सम्मिलित कर लिया जाता है, वह मानवता के लिए एक शुभ सन्देश है। यही स्थिति 'क्षमा करो बुआ जी' की है। नारी मन में अपने मायके के प्रति जो लगाव होता है, वह निरन्तर एक द्वन्द्व को जन्म देता रहता है। ससुराल और पीहर के बीच झूलता हुआ स्त्री-मन सचमुच आत्मविसर्जन का अद्भुत उदाहरण है।

वस्तुतः ये समस्त कहानियाँ अवध और पूर्वांचल की लोक संस्कृति से जुड़ी हैं। लेखक ने नारी जीवन के आर्थिक एवं सामाजिक पक्षों पर सूक्ष्म दृष्टि डाली है। अधिकतर कहानियाँ ट्रेजिक हैं, किन्तु इनके माध्यम से मनुष्य होने का सन्देश दिया गया है। विशेष रूप से पुत्रधर्म के पालन की प्रेरणा प्रदान की गई है। इन कहानियों के संवाद पूर्वी अवधी-भोजपुरी में पात्रों की स्वाभाविक बोलचाल वाली भाषा में प्रस्तुत किए गए हैं। कथानक-योजना प्रायः सुनियोजित है। समग्र रूप से इन रचनाओं में करुण रस की बहुव्याप्ति है किन्तु, साथ ही, उनके पीछे एक मंगलाशा भी विद्यमान है। इस प्रकार की रचनाएँ निस्सन्देह प्रेरक होती हैं।

अस्तु, पाठक जी साधुवाद के आस्पद हैं।

प्रो. सूर्य प्रसाद दीक्षित
पूर्व आचार्य एवं अध्यक्ष
हिन्दी तथा आधुनिक भाषा विभाग
लखनऊ विश्वविद्यालय, लखनऊ

अपनी बात

विश्व की सभी संस्कृतियों एवं परम्पराओं में माता-पिता व गुरु को अत्यन्त उच्च स्थान प्राप्त है। भारतीय संस्कृति में तो इनकी स्थिति और भी गौरवपूर्ण है। इन तीनों विभूतियों में भी माँ की श्रेष्ठता अद्वितीय है क्योंकि जहाँ वह सन्तान को गर्भ में धारण करने के साथ ही उसकी जन्मदात्री है, वहीं उसका पालन-पोषण, रक्षण एवं व्यावहारिक शिक्षण-प्रशिक्षण भी उसके गुरुतर दायित्वों में सम्मिलित हैं। इसीलिए विभिन्न प्राचीन ग्रंथों में माँ को पिता से भी कई गुना अधिक पूजनीय कहा गया है। माँ द्वारा सन्तान के प्रति निर्वहन किए जाने वाले कर्तव्यों के ही आधार पर विभिन्न प्रकार की माताओं (विशेषकर षोडश माँ) का उल्लेख प्राप्त होता है जिनमें मौसी, बुआ, विमाता (सौतेली माँ), चाची (काकी/ताई) आदि प्रमुख रूप से सम्मिलित हैं। किन्तु वर्तमान में जब समाज में उपयोगितावादी प्रवृत्ति बढ़ रही है और उपभोगवादी संस्कृति हमारी मानसिकता को कुंठित एवं पूर्वाग्रह-ग्रसित कर रही है, ऐसे समय में अन्य सम्बन्धों के साथ ही माता-पिता एवं इनके समान अन्य रिश्ते भी इसके ग्रास बनते जा रहे हैं। जन्मदात्री माँ एवं पिता को भी सन्तान की उपेक्षा का शिकार होना पड़ रहा है, फिर अन्य सम्बन्धों की बात करना ही बेमानी है। प्रस्तुत कहानी संग्रह में कुल ग्यारह कहानियाँ हैं जिनके कथानकों का सृजन मातृ-शक्ति एवं नारी-शक्ति के इर्द-गिर्द हुआ है। ग्रामीण परिवेश में रहते हुए बचपन से ही ऐसी बहुत-सी घटनाओं को सुना है और देखा भी है। कदाचित् बाल्यावस्था में इन घटनाओं के मर्म, इनमें अन्तर्निहित करुणा, पीड़ा आदि को बौद्धिक स्तर पर समझ नहीं पाया परन्तु बालमन पर इनका जो प्रभाव पड़ा वह आज भी मिट नहीं पाया है, क्योंकि

जब भी घर-परिवार, पास-पड़ोस या गाँव में ऐसा कोई प्रसंग घटित होता था तो मन में एक भय समा जाता था कि कहीं ऐसा ही मेरी माँ के साथ तो नहीं घटित हो जाएगा। यही सब देखकर-सोचकर कभी सुबकता रहता, कभी कई-कई दिनों तक डरा-सहमा रहता। धीरे-धीरे बौद्धिक विकास के साथ ही शैक्षिक स्तर में वृद्धि होती गई लेकिन गाँव की उन घटनाओं का न तो अन्त हुआ और न ही उनमें परिवर्तन ही हुआ बल्कि इनकी व्यापकता ही देखने को मिली। गाँव ही नहीं, शहर में भी ऐसा ही हाल देखा बल्कि उससे भी भयावह, विकृत एवं वीभत्स रूप भी देखे हैं—जहाँ वृद्धाश्रम जैसी अवधारणाओं का जन्म हुआ और इसके नाम पर न जाने क्या-क्या होने लगा? सन्तानों द्वारा की गई उपेक्षा माता-पिता ने तो सही ही यदि कथित रूप से वह लायक हुआ तो उन्हें वृद्धाश्रम में छोड़ आया। जब माँ-बाप को सबसे अधिक आत्मीयता की आवश्यकता थी तो उनके लिए समय निकालना सम्भव नहीं बताया गया। वर्तमान में तो कमोवेश ऐसी ही स्थितियाँ हर जगह हैं।

खैर, अब थोड़ी सी चर्चा कहानी के बारे में भी कर ली जाए। यद्यपि कहानी की उत्पत्ति उसके तत्व, अंग-उपांग, शिल्प-विधान आदि के बारे में मुझे विशेष ज्ञान नही है और न ही मैं इनका शास्त्रीय अध्येता रहा हूँ परन्तु मैं इतना अवश्य कह सकता हूँ कि सृष्टि में मानव की उत्पत्ति के साथ ही किसी न किसी रूप में कहानी भी अस्तित्व में आ गई होगी। असंख्य लोक-कथाएँ न जाने कितने वर्षों से पीढ़ी-दर-पीढ़ी सुनी-सुनाई जा रही हैं। इनमें समय के साथ ही नई-नई कहानियाँ जुड़ती चली गईं और अब भी जुड़ती चली जा रही हैं। एक ही कथा में विषयान्तर, पाठान्तर भी होते गए। पौराणिक आख्यानों के साथ ही *पंचतंत्र, हितोपदेश* आदि ग्रंथों में तो कहानियों का सुगठित स्वरूप भी देखने को मिलता है।

मेरा मानना है कि यदि किसी कहानी में कथानक, कथ्य व किस्सागोई प्रभावशाली हैं तो निश्चित रूप से जहाँ वह पाठकों व श्रोताओं को मुग्ध रखेगी वहीं अपना सन्देश सम्प्रेषित करने में भी सफल हो सकेगी। कहानी में वर्णित घटना जिस देश-काल एवं परिवेश से सम्बन्धित हो, उसका ध्यान रखना आवश्यक है अन्यथा कहानियाँ 'आधा तीतर, आधा बटेर' या फिर 'कहीं का ईंट, कहीं का रोड़ा...' जैसी लगेंगी। ऐसा माना जाता है कि हम ऐसी चीज की कल्पना नहीं कर सकते जिसको पूर्ण रूप से या फिर उनको विभिन्न अंशों के रूप में कभी देख न रखा हो, जैसे—जब हम सोने के पहाड़ के बारे में कल्पना करते हैं तो हम सोना तथा पहाड़—जिसे हमने पहले देख रखा है—को एक साथ मिला देते हैं और अपनी कल्पना में सोने का

पहाड़ बना देते हैं, इसी तरह उड़ते हुए घोड़े की कल्पना में हम उड़ने वाले जीव या जहाज तथा घोड़ा देख चुके हैं और अपनी कल्पना से घोड़े को उड़ने वाले जीव की तरह उड़ता हुआ बना देते हैं। इसी तरह अनेकानेक काल्पनिक सम्प्रत्यय, जो विभिन्न वास्तविक सम्प्रत्यों से बने हुए हैं, हमारी जिन्दगी का हिस्सा हैं। इसलिए कोई भी कहानी न तो पूर्णत: काल्पनिक हो सकती है और न ही इसके बारे में ऐसा कहा जाना उचित होगा।

इस संग्रह की कहानियों के बारे में इतना अवश्य कहना चाहूँगा कि इनके धरातल एवं इनकी पृष्ठभूमि में बिना छेड़छाड़ किए हुए ही इनके कथानक का सृजन हुआ है। इनके कथ्यों को भी उनके मूल स्वरूप के ही अनुरूप रखने का प्रयास किया गया है जबकि किस्सागोई, जिसे प्रवाहपूर्ण हृदयस्पर्शी सम्प्रेषण कहा जा सकता है, को बनाए रखने की कोशिश की गई है। किन्तु इसमें कहाँ तक सफल हुआ हूँ, यह तो सुधी पाठकगण एवं श्रोता ही बता सकेंगे। इसलिए नीर-क्षीर-विवेक हेतु यह कृति उन्हीं को सौंपते हुए इस कहानी संग्रह की 'शुभाशंसा' व 'मंगलाशा' हेतु क्रमश: प्रो. कैलाश देवी सिंह एवं प्रो. सूर्य प्रसाद दीक्षित निवर्तमान विभागाध्यक्षगण हिन्दी तथा आधुनिक भाषा विभाग, लखनऊ विश्वविद्यालय, लखनऊ एवं प्रकाशक के प्रति विनम्रतापूर्वक आभार व्यक्त करता हूँ।

23 जनवरी, 2022 **अनिल कुमार पाठक**

लखनऊ

क्रम

लावारिस नहीं, मेरी माँ है!

रास्ते में अचानक कार रुक गई । ड्राइवर ने कई बार कोशिश की लेकिन कार स्टार्ट नहीं हुई। कार में बैठे हुए साहब ने ड्राइवर से कहा, "क्या सेल्फ खराब हो गया है?"

"नहीं सर! सेल्फ ठीक है," ड्राइवर बोला।

"तो क्या बैट्री कमजोर हो गई है?" साहब ने दूसरा प्रश्न किया।

"नहीं सर! बैट्री तो अभी नई लगवाई है," ड्राइवर ने जवाब दिया।

इसके बाद ड्राइवर कार का दरवाज़ा खोलकर कार से बाहर निकल गया और कार का बोनट उठाकर कुछ ठोकने-ठाकने लगा। साहब कार में ही बैठे रहे। कुछ देर बाद ड्राइवर कार के अन्दर आ गया और पुन: कार स्टार्ट करने की कोशिश करने लगा, लेकिन कार फिर भी स्टार्ट नहीं हुई। ड्राइवर ने फिर कार का दरवाज़ा खोला और बाहर निकल गया लेकिन कुछ ही क्षण में दरवाजे को थोड़ा सा खोलकर साहब की ओर देखते हुए बोला, "सर! आपके लिए दूसरी गाड़ी मँगा लेता हूँ, पता नहीं स्टार्ट होगी या नहीं।" साहब को मन ही मन में गुस्सा तो बहुत आ रहा था परन्तु उन्होंने इसे जाहिर नहीं होने दिया और कार का दरवाज़ा खोलकर यह कहते हुए उतर पड़े, "घर तो नज़दीक ही है, मैं पैदल ही चला जाऊँगा। बस! तुम दूसरी गाड़ी मँगाकर मेरा सामान भेज देना।" ड्राइवर ने सिर हिलाकर, 'जी सर' कहते हुए साहब को विदा कर दिया। लेकिन साहब चार-पाँच कदम आगे बढ़ने के बाद फिर लौट आए और ड्राइवर से बोले, "ऐसा है, नाजिर से कह देना कि कल ऑफिस जाने के लिए दूसरी गाड़ी का इन्तज़ाम कर देंगे।" इसके बाद साहब सड़क के किनारे बने फुटपाथ के सहारे-सहारे अपने घर की ओर चल पड़े। ड्राइवर फिर

से कार स्टार्ट करने का प्रयास करने लगा। मगर उसे सफलता नहीं मिली। साहब गन्तव्य की ओर बढ़ने लगे। वैसे तो साहब को रोज ऑफिस से निकलते-निकलते आठ-नौ बज जाते थे पर आज अचानक शाम सात बजे ही घर के लिए चल दिए लेकिन लगता है कि जल्दी घर पहुँचना उनके नसीब में नहीं था, नहीं तो क्या कार को आज ही खराब होना था?

आसमान में काले-काले बादल उमड़-घुमड़ रहे थे, लग रहा था कि अब बरसे, तब बरसे। अपनी धुन में मगन उन्हीं बादलों से बातें करते हुए, साहब चलते चले जा रहे थे। अचानक उनका पाला कुछ बेचैन करने वाले धुएँ से पड़ गया। पहले तो उन्हें खाँसी व कई छींकें आईं फिर आँखों में कड़वाहट होने लगी। वे कुछ समझ पाते तभी उनकी निगाह फुटपाथ के किनारे पर पड़ी जहाँ एक बूढ़ी औरत दो ईंटों से बनाए गए चूल्हे पर एक बटलोई में कुछ पकाने का प्रयास कर रही थी। चूल्हे में जलाने के लिए उसने कुछ घास-फूस और पेड़ों की टहनियाँ इकट्ठा कर रखी थीं, लेकिन बरसात का मौसम होने के कारण ये गीली हो गई थीं और ठीक से न जल पाने के कारण धुआँ हो रहा था। आसमान में काले-काले बादलों को उमड़ते देखकर वह बूढ़ी औरत घबराई और परेशान लग रही थी। शायद उसे यह डर लग रहा था कि अगर बरसात शुरू हो गई तो उसका खाना नहीं पक पाएगा और उसे भूखा रहना पड़ेगा। हालाँकि उस फुटपाथ के किनारे बनी बाउन्ड्री के सहारे एक प्लास्टिक की पन्नी डालकर उस बूढ़ी औरत ने अपने रहने की व्यवस्था कर रखी थी लेकिन शायद वह उसके अन्दर खाना नहीं बना सकती थी। वह बार-बार बुझती हुई टहनियों को अपनी फूँक से जलाने की असफल कोशिश किए जा रही थी। साहब उसके पास पहुँचकर अचानक रुक गए। चूल्हे से उठ रहा धुआँ काफी दूर तक फैल गया था और बेचैन कर रहा था। धुएँ की कड़वाहट से निकले आँसुओं ने साहब का चेहरा गीला कर दिया था। उन्हें उस बूढ़ी औरत पर पहले गुस्सा आया कि वह फुटपाथ पर चूल्हा क्यों जला रही है लेकिन उसके संघर्ष और जिजीविषा को देखकर उनका गुस्सा सहानुभूति में बदल गया। उन्हें उस बूढ़ी औरत के अन्दर अपनी माई (माँ) की छवि नजर आने लगी। बचपन में माई भी गीले कंडों व गीले सरसौटे या रहट्ठे को इसी तरह जलाकर जैसे-तैसे खाना पका पाती थीं। उस दौरान रसोई पूरी तरह धुएँ से भर जाती थी। धुएँ की कड़वाहट से माई की आँखों से आँसुओं की धारा बहने लगती थी और दोनों आँखें लाल हो जाती थीं। उनकी दशा को देखकर लगता था कि जीवन में इससे बड़ी दूसरी कोई विपत्ति नहीं हो

सकती है। लम्बी जद्दोजहद के बाद जब स्थिति बर्दाश्त से बाहर हो जाती थी तो वे पसीने से तर-ब-तर बाहर आँगन में आ जाती और पानी से काफी देर तक आँख-मुँह धोती थी फिर थोड़ी ही देर बाद वापस आकर उसी संघर्ष में जुट जाती थी। हालाँकि इतनी तकलीफों के बाद जब माई पूरा खाना तैयार कर लेती थी तो उसके चेहरे पर अपार सन्तुष्टि का भाव होता था। उसे ऐसी खुशी मिलती थी कि जैसे किसी ने आग का दरिया पार करके अपनी मंज़िल पा ली है। माई की याद में डूबते-उतराते साहब उस बूढ़ी औरत के पास ही बैठ गए। जो धुआँ अभी तक उन्हें बेचैन कर रहा था वह अब मलयानिल-सा हो गया। फुटपाथ पर बनी झोपड़ी और धुएँ के साथ जलता-बुझता चूल्हा उन्हें अब औचित्यपूर्ण नज़र आने लगा था। साहब उस बूढ़ी औरत से कुछ बातचीत करना चाह रहे थे मगर बूढ़ी औरत चूल्हा जलाने में इतनी तल्लीन थी कि उसे आस-पास का कुछ भी ध्यान नहीं था। अचानक हवा के सहारे धुएँ का एक झोंका साहब की ओर आया और वे बेचैन होकर खाँसने लगे। उनके तेज-तेज खाँसने की आवाज से बूढ़ी औरत का ध्यान उनकी ओर गया। साहब की वेश-भूषा देखकर वह थोड़ी देर के लिए विस्मित-सी हो गई लेकिन फिर धीरे से कहा, "बेटा इहाँ न बैठो।"

"क्यों अम्मा?" साहब बोल पड़े।

"धुआँ बहुत है, बरसात मा लकड़ी गीली हुई गई है न," बूढ़ी औरत ने कहा।

साहब बोल पड़े, "कोई बात नहीं अम्मा।"

"नाहीं बेटा! धुआँ बहुत है तुमका और खाँसी आवे लागी," बूढ़ी औरत ने साहब को सचेत करते हुए कहा।

"लेकिन अम्मा आप तो इसी धुएँ में इतनी देर से खाना बनाने में जुटी हैं," साहब ने प्रतिवाद किया।

"हमार तो आदत है, अब हमरे आगे-पीछे तो कौनउ रहा नाहीं, खुदई बनाना है, तबै खाना है। पेट अइस चीज है कि बिना कछु खाए सौवे नाहीं देत," बूढ़ी औरत ने सफाई दी। वहाँ का माहौल भावुक होता जा रहा था। साहब थोड़ी देर चुप रहे फिर पूछ ही लिया "अम्मा! आपके बाल-बच्चे नहीं हैं क्या?

"हैं काहे नाहीं! बिटिया-दामाद, बेटा-पतोहू, नाती-पोता सबइ हैं लेकिन अब हमरे खातिर नाहीं हैं," बूढ़ी औरत बोली।

"क्यों अम्मा?" साहब तपाक से बोल उठे।

"जउन चीज अपने काम नाहीं आवै, उके रहै, न रहै से का मतलब?" बूढ़ी

औरत ने तुरन्त जवाब दिया। साहब को यह आभास तो हो रहा था कि या तो इनकी सन्तानों ने इन्हें अपने से अलग कर दिया है या कुछ ऐसी बात है कि ये उन लोगों के पास नहीं रहना चाहती। साहब सोचने लगे कि अम्मा से इस सम्बन्ध में और पूछना उचित होगा या नहीं? उन्हें किसी व्यक्ति की निजता में हस्तक्षेप करना अच्छा नहीं लगता था, इसी कारण वे कुछ उधेड़-बुन में पड़े रहे। फिर अचानक बोल पड़े, "अम्मा! आपकी बात समझ में नहीं आई।"

"एमा समझै की का बात है?" बूढ़ी औरत ने कहा।

साहब बोले, "मेरे कहने का मतलब है कि जब आपके बेटा-बेटी हैं तो आप फुटपाथ पर क्यों रह रही हैं?"

"का हमार राम-कहानी सुनै चाहत हौ?" बूढ़ी औरत बोली।

"अम्मा आप मुझे गलत समझ रही हैं। आपको तकलीफ देने का मेरा कोई मक़सद नहीं है। मैं तो बस यूँ ही पूछ रहा था...," साहब ने कहा।

"अच्छा! ऐस ही पूछ रहे हौ तो फिर सुनौ। हमरे दुई लरिका हैं, एक लरिकी है। हमरे बुढ़उ बहुत जल्दी खत्म हुई गए। हम लरिकन का पालि-पोसि के बड़ा किहिन। फिर रिन-कर्जा कइके शादी-बियाहु किहिन। लरिकी तो अपने ससुरारि चलि गई। दुनउ लरिका और बहुरिअन कुछ दिन तौ ठीक रहिन पर बाद में अइसि लड़ई लागिन जईस दुई दुश्मनउ मा लड़ाई नाहिं होत। फिरि दूनहू लरिकन मा बँटवारा हुई गवा, साथई हमरौ बँटवारा हुई गवा। एक महीना बड़कवा के पास और एक महीना छुटकवा के पास। फिर हमार दुर्दशा शुरू हुई गई। रोटी खाई के खातिर बहुरियन के इशारे पर इहर-उहर नाचौ। ऊपर से बहुरियन के ई ताना कि दिनभर खाईन के चक्कर में रहत हौ, हिगों में पानी नहीं डारत हो, बैठि के रोटी तोरै से काम नाहीं चली...। हम उनकर ताना सुनत-सुनत उबियाई गए," बूढ़ी औरत बिना रुके बोली चली जा रही थी। साहब उसकी दास्तां सुनकर भावुक हो गए। वे कुछ बोलना चाह रहे थे लेकिन उनके भर्राए गले ने कुछ कहने नहीं दिया। बूढ़ी औरत आगे बोलती रही, "इही बीच बिटिववा के हमार दशा के बारे में पता चला त उ आईके जबरदस्ती अपने साथ लिवाई गई। हमार खुद क इच्छा नाहीं रही कि हम बिटिया के घर में जाईके रहैं। जै बिटिया-दामाद के पाँव पूजे हैं उहाँ रोटी तोड़ें। वईस भी तो आपन रीति-रिवाज बिटिया-दामाद के घर में रहइकै मना करत हैं मगर बिटिया-दामाद की जिद के आगे हम मजबूर हुई गए। मुला उहाँ भी चैन कहाँ। लोगन के मुँह पर ताला तो लागि नाहीं है। भले अपने चाहे जौन करैं मगर दूसरे के

काम में बिना बात के कमी निकाले का आपन बड़प्पन समझ थैं। धीरे-धीरे लोग कहै लागें कि घोर कलियुग आई गवा है। बिटिया-दामाद के घरे मा रोटी तोड़ि रही है। इहि बातन से बिटिया कर उकरे सास औ जैठानी से मनमुटाव शुरू हुई गवा। एक दिन राति मा हम उहाँ से निकरि लिये कि अब इहाँ से कहूँ दूर जाइके रहेंगे, भीख माँगि लेंगे मुला अब औलाद के पास नाहीं जाएँगे और आज सोलह-सत्रह बरस से हम ऐसही जिनगी बसर कर रहे हैं। अब भगवान से एकहि बिनती है कि हमका जल्दी से उठाई लैं...," यह कहते-कहते बूढ़ी औरत फूट-फूट कर रोने लगी। साहब को अम्मा की बात सुनकर बहुत तकलीफ हुई। उन्हें लगा कि उन्होंने उसके विस्मृत दुखों को छेड़कर अनायास रुला दिया। थोड़ी देर तक दोनों चुप रहे और केवल बूढ़ी औरत की सिसकी सुनाई पड़ रही थी। कि बूढ़ी औरत ने अपने आँचल से आँसू पोंछते हुए कहा, "हमार किस्सा तौ सुनि लियो अब यूँ बताओ कि तुम्हारे घर में कउन-कउन है।"

"मेरी पत्नी, एक बेटी और एक बेटा हैं," साहब ने कहा।

"तोहार महतारी?" बूढ़ी औरत ने तपाक से यह सवाल किया।

साहब बोले, "हमारे बाबू जी तो बचपन में खत्म हो गए थे, केवल अम्मा हैं।"

"तौ कहाँ रहत हैं?" बूढ़ी औरत ने आगे पूछा।

"गाँव में रहती हैं," साहब ने कहा।

"केकै साथ रहत हैं?" बूढ़ी औरत बोली।

"अम्मा गाँव में अकेले ही रहती हैं। बहनों की शादी हो गई है। दो भाई हैं, दोनों बाहर नौकरी करते हैं।"

"तब तो तुम्हरे अम्मा मा और हमै मा कौनों फरक नाहीं है। बस ईहै छोड़िके कि हम इहाँ फुटपाथ पर झोपड़िया डालि के रह रहे हैं और उ गाँव में घर पर रहि रही हैं।" बूढ़ी औरत के इस सादृश्य कथन का उत्तर साहब के पास नहीं था। साहब एक 'उत्कृष्ट श्रेणी' के अधिकारी माने जाते थे। कार्यालय के बड़े से बड़े पेचीदे मामलों को ऐसे निपटाते थे कि जैसे प्रकरण अत्यन्त सामान्य-सा हो। इसीलिए उनके उच्चाधिकारी भी उनसे खुश रहते थे। लेकिन अम्मा का सवाल जो एकदम सीधा-सपाट था, वह अब तक का सबसे जटिल व उलझन से भरा हुआ सवाल लगने लगा। वे बेचैन हो उठे। उनके मन में अन्तर्द्वन्द्व चलने लगा। अम्मा के उस कथन के बाद साहब को उनकी और अपनी माई की वास्तविक स्थिति में कोई अन्तर नहीं नज़र आ रहा था। हालाँकि माई अपने गाँव के पक्के घर में रह रही थी।

अब माई रसोई पर गैस पर खाना बनाती थी जबकि यहाँ अम्मा फुटपाथ के किनारे प्लास्टिक की झोपड़ी में रह रही थी और ईंट के चूल्हे पर इधर-उधर से बीन कर लाई गई टहनियों को जलाकर खाना बना रही थी। लेकिन यदि यहाँ अम्मा को अपनी सन्तानों का साथ नहीं मिल रहा है, उनकी आत्मीयता और सहानुभूति नहीं मिल रही है तो माई को ही कहाँ अपनी सन्तानों का साथ तथा उनकी आत्मीयता व सहानुभूति मिल रही है? कभी-कभी फोन से उनका हाल-चाल ले लेना या चार-छह महीने में एक बार गाँव जाकर उनसे मिल लेना क्या उन अपेक्षाओं की पूर्ति कर सकता है जिसकी माँ को ज़रूरत है? यहाँ अम्मा भी तनहा है, वहाँ माई भी तनहा है फिर अम्मा व माई की वास्तविक स्थिति में अन्तर कहाँ है? वे बड़ी देर तक अम्मा व माई की स्थिति में तुलना करते रहे और अन्ततः इस निष्कर्ष पर पहुँचे कि दोनों की स्थिति एक समान है। तभी गाड़ी के अचानक ब्रेक लगने की आवाज़ से उनका ध्यान भंग हुआ। साहब का दूसरा ड्राइवर गाड़ी से उतरा और पास पहुँचकर बोला, "साहब! मैं आपको काफी देर से ढूँढ़ रहा हूँ। मैडम जी भी आपको लगातार फोन मिला रही हैं लेकिन फोन नहीं उठ रहा है। आपके घर न पहुँचने के कारण सब परेशान हैं।" ड्राइवर की बात सुनकर साहब को एहसास हुआ कि उन्हें यहाँ बैठे हुए डेढ़-दो घंटे हो गए और उन्हें घर पर फोन कर देना चाहिए था लेकिन उन्होंने ड्राइवर की बातों का कोई जवाब नहीं दिया बस इतना कहा कि "अम्मा का सामान उठाकर गाड़ी में रख लो।" बूढ़ी औरत साहब के इस कथन से विस्मित हो गई और भर्राई आवाज में इतना ही बोल पाई, "काहे?"

"अम्मा अब आप हमारे साथ रहेंगी।"

"काहे?" बूढ़ी अम्मा ने पुनः वही प्रश्न किया।

"मेरा मन है," साहब बोल उठे।

"अगर तुम्हार मन है त अपनी अम्मा का अपने पास लई आओ, जो तुमका नौ महीना पेट मा राखिन, पैदा करिके पालिन-पोसिन।"

"हाँ अम्मा! गाँव से माई भी आएँगी और आप भी हमारे साथ ही रहेंगी," साहब ने दृढ़ता से कहा।

"तुम तो बहुत जिद्दी लागत हो।"

"हाँ अम्मा!"

"अच्छा पहिले उनका तो लै आऔ फिर हमरे बारे में बात करौ।"

दोनों में काफी जद्दोजहद चलती रही। साहब को अम्मा के सामने झुकना

पड़ा। वे बोले, "अम्मा! कल ही माई को गाँव से लाएँगे और कल ही आपको हमारे साथ चलना होगा।" थोड़ी देर बाद साहब अपने घर चले गए।

घर में पत्नी काफी तनाव में थी। उन्होंने उसे सारी बातें बताई। पत्नी के लाख मना करने के बाद भी वे दूसरे दिन सबेरे ही माई को लेने के लिए गाँव चले गए। गाँव पहुँचकर सबसे पहले उन्होंने माई से कहा, "माई! सामान रख लो। तुम्हें अभी मेरे साथ चलना है।' यह सुनकर माई घबरा गई। उन्हें लगा कोई अनहोनी तो नहीं हो गई। लेकिन जब माई को पता चला कि सब सामान्य है तो चलने से मना कर दिया। माई किसी भी दशा में चलने के लिए तैयार नहीं थी लेकिन साहब के ऊपर अम्मा की बात का ऐसा असर पड़ा था कि वे माई को अपने साथ शहर ले ही आए। शहर पहुँचकर उन्होंने माई को घर पर छोड़ा और फिर सीधे अम्मा को लेने के लिए उसी स्थान पर पहुँचे मगर अम्मा वहाँ नहीं थी। साहब ने इधर-उधर तलाश की, मगर कोई पता नहीं चला। साहब वहीं खड़े-खड़े चीख-चीखकर रोने लगे। सड़क पर गुजर रहे लोगों में से कुछ लोग रुककर जानने की कोशिश करने लगे कि आखिर बात क्या है? लोग साहब के ड्राइवर से इस बारे में जानना चाह रहे थे लेकिन उसे भी कहाँ-कुछ पता था। यह सम्बन्ध, बन्धन जिसको पूरा हुए अभी चौबीस घंटे भी नहीं हुए, जन्म-जन्मान्तर के सम्बन्धों, बन्धनों से भी गहरा हो गया था। धीरे-धीरे काफी भीड़ इकट्ठा हो गई। किसी ने कोई बड़ी घटना समझकर पुलिस को भी फोन कर दिया और थोड़ी देर में पुलिस भी आ गई। जीप से कोतवाल उतरे और पूछताछ करने लगे तभी किसी ने उनको साहब की ओर इशारा करते हुए बताया कि वही आदमी लगातार चीख-चीख कर रोए जा रहा है। इसके बाद कोतवाल आगे बढ़े और साहब के पास पहुँच गए लेकिन जब एक-दूसरे का आमना-सामना हुआ तो उन्होंने साहब को सैल्यूट किया। वे साहब के साथ काफी पहले तैनात रहे थे। दोनों एक-दूसरे को देखकर सहम गए, फिर कोतवाल साहब ने कहा, "सर! क्या बात है?" "कुछ नहीं..." साहब ने स्वयं को सँभालते हुए कहा और कोतवाल का हाथ पकड़कर भीड़ से दूर किनारे चले गए। "यहाँ एक बूढ़ी औरत रहती थीं, पता नहीं कहाँ चली गईं," साहब ने कहा।

कोतवाल साहब ने दुखी होकर जवाब दिया, 'अरे सर! बड़ा दुःखद हुआ। रात में एक ट्रक पलट गया। झोपड़ी में सो रही बुढ़िया उसमें दब गई। सूचना मिलते ही क्रेन मँगाई गई। ट्रक हटवाकर बुढ़िया को निकालकर हम लोग अस्पताल ले गए मगर बचा नहीं पाए।'

इतना सुनते ही साहब फिर से चीख-चीख कर रोने लगे। कोतवाल ने उन्हें ढाँढस बँधाते हुए कहा, "अरे साहब! आप तो बहुत बहादुर अधिकारी हैं...।" कोतवाल आगे कुछ कहते, साहब बोल उठे, "सही कहा कोतवाल साहब! लेकिन जब कोई अपना खो जाता है तो सारी बहादुरी धरी की धरी रह जाती है।"

"सही कहा सर!" कोतवाल बोले। फिर साहब अपने को सँभालने की कोशिश करते हुए बोले, "क्या अन्तिम संस्कार हो गया?" "नहीं सर! अभी तो पोस्टमार्टम के लिए डेड बाडी मर्च्युरी में पड़ी है। वैसे भी लावारिस है सब पुलिस के जिम्मे आना है," कहते हुए कोतवाल ने गहरी साँस ली।

"नहीं, कोतवाल साहब! अम्मा लावारिस नहीं है। मैं हूँ न उसका वारिस। मैं मर्च्युरी जा रहा हूँ," यह कहते हुए वे अपनी गाड़ी की ओर बढ़े। उनके पीछे-पीछे चल रहे कोतवाल, ने कहा, "सर! मैं भी चल रहा हूँ।" फिर दोनों लोग मर्च्युरी पहुँचे। तब तक पोस्टमार्टम हो चुका था और लाश लावरिस होने के कारण एक कोने में रख दी गई थी। साहब काफी दिनों तक जिला-प्रशासन में तैनात रहे थे। उनके सरकारी अधिकारियों-कर्मचारियों से तो अच्छे सम्बन्ध थे ही, स्थानीय दुकानदारों, मीडिया के लोगों तथा जनप्रतिनिधियों से भी अच्छे ताल्लुकात थे। उन्होंने रोते-रोते इनमें से कई को फोन कर अम्मा के दाह-संस्कार की व्यवस्था करने के लिए बताया। उन्होंने अम्मा की लाश को पुलिस से अपनी सुपुर्दगी में ले लिया। इसके बाद परम्परा व रीति-रिवाज से दाह-संस्कार के लिए शव लेकर अन्त्येष्टि स्थल पहुँच गए। साहब ने हर जगह यही कहा कि ये मेरी अम्मा हैं। दाह-संस्कार के बाद वे घर लौटे, उदास-हताश। साहब की दशा देखकर परिवार के लोग काफी परेशान थे लेकिन उन्होंने किसी से कुछ भी नहीं कहा। वे बिना खाए-पिए सोने चले गए लेकिन उन्हें नींद कहाँ आ रही थी। केवल चौबीस घंटे में ही एक सम्बन्ध की शुरुआत भी हुई और अन्त भी हो गया। फिर उन्हें लगा कि अम्मा से सम्बन्धों का अन्त कहाँ हुआ है। उनसे मुलाकात के कुछ पल ही उनकी स्मृतियों को अमर बनाने के लिए पर्याप्त हैं। इसी उधेड़-बुन में सोचते-विचारते रात बीत गई।

सुबह लोगों ने अखबार में पढ़ा कि साहब की अम्मा की ट्रक से कुचलकर मौत हो गई और पुलिस ने लाश को लावारिस मानकर पोस्टमार्टम कराया। इसके आगे खबर विस्तार से लिखी थी। साहब की स्थिति अत्यन्त असहज हो गई थी क्योंकि जिन्हें मालूम था कि साहब की अम्मा ज़िन्दा हैं वे परेशान थे कि साहब ने किसका दाह-संस्कार किया? और जिन्हें नहीं मालूम था उनके द्वारा फोन पर

या फिर घर आकर शोक संवेदना व्यक्त की जा रही थी। लेकिन साहब ने अपने को दृढ़ बनाए रखा। अब उनको इन अन्तर्विरोधों की कोई चिन्ता नहीं थी। इसका उनके ऊपर कोई फर्क नहीं पड़ा। वे अब सबसे यही कहते कि मेरी दो माँ थीं एक ने शरीर त्याग कर दूसरी माँ के शरीर में ही प्रवेश कर लिया है और अब दोनों एक ही में समाहित हैं। उन्हें बार-बार अम्मा का ध्यान आ रहा था जो दो दिन पहले ही माँ के रिश्ते से जुड़ी और कुछ पल बाद ही साथ छोड़कर चली गईं पर जाते-जाते जन्मदात्री माँ को उनके साथ कर दिया।

मौसी

सारे गाँव में त्योहार जैसी चहल-पहल है। क्या बच्चे, क्या जवान, क्या बूढ़े—सभी बेहद खुश हैं। बच्चे तो इतने प्रसन्न हैं कि कई दिनों से झुंड बनाकर गाँव भर का चक्कर लगाते रहते हैं, लेकिन इन सबकी खुशी से दूर आयोजन के इन्तजाम में लगा प्रशासनिक अमला परेशान है। उसके चेहरे पर बल पड़े हैं क्योंकि अब भी गाँव में जगह-जगह कूड़े के ढेर पड़े हैं। नालियाँ गन्दगी से बजबजा रही हैं। गलियों के खड़ंजे जगह-जगह टूटे हुए हैं। यद्यपि यह गाँव अन्य गाँवों से थोड़ा विकसित अवश्य है, पर इतना नहीं कि बिना अतिरिक्त प्रयास किए हुए मुख्यमंत्री जी का दौरा सकुशल निपट जाए। उनके निरीक्षण के लिए यहाँ जो भी काम कराने आवश्यक थे, वे अभी तक पूरे नहीं हो पाए हैं। हालाँकि जहाँ सामुदायिक स्वास्थ्य केन्द्र का उद्घाटन होना है, उसके आस-पास के घूरों की साफ-सफाई हो चुकी है। उसी जगह पर सैकड़ों गड्ढे बना दिए गए हैं जहाँ बृहद् वृक्षारोपण का भी शुभारम्भ होना है, लेकिन इन सबके बावजूद प्रशासनिक अमला डरा हुआ है कि यदि मुख्यमंत्री जी गाँव के अन्दर भ्रमण के लिए चल पड़े तो क्या होगा? शीर्ष अधिकारी से लेकर लेखपाल व ग्राम पंचायत सचिव तक सभी परेशान हैं। इसी कारण जिले के बड़े अधिकारी गाँव का बार-बार दौरा कर रहे हैं। कुछ अधिकारियों को तो गाँव में ही कैम्प करने के निर्देश दिए गए हैं। इन अधिकारियों द्वारा गाँव के कुछ खास लोगों को मुख्यमंत्री जी के सम्भावित सवालों के जवाब देने के लिए प्रशिक्षित भी किया जा रहा है। मुख्यमंत्री जी के गाँव के अन्दर सम्भावित भ्रमण के लिए गाँव के रास्तों और प्रमुख स्थानों का चयन भी पहले से ही कर लिया

गया है जिससे उनका निरीक्षण बढ़िया ढंग से सम्पन्न हो जाए और किसी तरह बला टल सके।

खैर! वह घड़ी आ गई। उद्घाटन स्थल के पास मंच पूरी तरह सजाया जा चुका है। सामने के पंडाल में सैकड़ों कुर्सियाँ लगाई जा चुकी हैं और उन पर उस गाँव के साथ ही आस-पास के इलाके के लोगों को, जिन्हें ट्रैक्टर-ट्रालियों, जीप व बस से ढोकर लाया गया है, बड़े प्रेम से बैठाया जा रहा है। मंच से लगातार देशभक्ति के गीत बज रहे हैं और बीच-बीच में कार्यक्रम के बारे में घोषणा भी की जा रही है। यह सामुदायिक स्वास्थ्य केन्द्र, जिसका आज उद्घाटन हो रहा है, मौसी और गाँव वालों के अथक प्रयासों के कारण ही बन पाया। 'मौसी' जिसे लोग मौसी के नाम से ही जानते हैं। हो सकता है, कुछ बुजुर्ग उनका असली नाम जानते हों, लेकिन ज्यादातर लोगों से उनकी जान और पहचान केवल मौसी के ही रूप में है। मौसी लगभग 25 साल पहले गाँव के ही उप-स्वास्थ्य केन्द्र में एक नर्स के रूप में तैनात हुईं थी और बच्चे उन्हें मौसी कहकर सम्बोधित करने लगे। धीरे-धीरे बच्चे-बूढ़े, जवान सभी मौसी ही कहने लगे। हालाँकि मौसी जब इस गाँव में आईं थी तो यहाँ स्वास्थ्य सेवाओं के नाम पर कुछ भी नहीं था लेकिन मौसी ने पूरी निष्ठा एवं समर्पण भाव से लोगों की बहुत सेवा की। वह सरकार की नई योजना के अन्तर्गत गाँव के उप-स्वास्थ्य केन्द्र का उच्चीकरण कराकर यहाँ सामुदायिक स्वास्थ्य केन्द्र की स्थापना कराने में सफल हो गईं। इसीलिए इस स्वास्थ्य केन्द्र की स्थापना में मौसी का योगदान सबसे अधिक है। शायद वह न होती तो यह सम्भव भी न हो पाता। मौसी अपनी इसी कर्तव्यनिष्ठा एवं सेवाओं के लिए कई बार सम्मानित हो चुकी थी, किन्तु आज इस सामुदायिक स्वास्थ्य केन्द्र के उद्घाटन के साथ ही मुख्यमंत्री जी द्वारा उनका सम्मान भी किया जाना है।

गाड़ियों के काफिले से बज रहे सायरन की आवाज से लगा कि मुख्य मंत्री जी पहुँचने वाले हैं। बच्चों का शोर भी बढ़ने लगा। उद्घोषक भी पूरी रौ में चिल्लाने लगे—'आप सभी का इन्तजार ख़त्म हुआ। मुख्य मंत्री जी आपके बीच में पहुँचने वाले हैं। आप सभी अपना-अपना स्थान ग्रहण कर लें।' कारों का काफिला काफी करीब आ चुका था। अब भी गाँव के तथा आस-पास के गाँवों के काफी लोग भागे-दौड़े चले आ रहे थे। कारों का काफिला सामुदायिक स्वास्थ्य केन्द्र के पास आकर रुक गया। एक विशेष कार का दरवाज़ा खुला। सुरक्षा गार्डों ने मुख्यमंत्री जी को घेर लिया। अधिकारियों ने उनका स्वागत बुके देकर किया जबकि जन-

प्रतिनिधियों तथा अन्य विशिष्टजनों ने माला पहनाते हुए उनकी अगवानी की। मुख्यमंत्री जी ने स्थानीय जन-प्रतिनिधियों से कुछ कानाफूसी की, उसके बाद सभी लोग उद्घाटन स्थल की ओर बढ़े। मुख्यमंत्री जी ने उद्घाटन के लिए लगाई गई पट्टिका के पर्दों की रस्सी खींची। इसके साथ ही सामुदायिक स्वास्थ्य केन्द्र का लोकार्पण हो गया। तालियों की गड़गड़ाहट और मुख्यमंत्री ज़िन्दाबाद के नारों से आसमान गूँज उठा। फिर सभी मंच की ओर बढ़े। मंच पर सभी लोगों के बैठने के बाद उद्घोषक ने सबसे पहले पुष्प-गुच्छों के माध्यम से मुख्यमंत्री का औपचारिक स्वागत कराने के बाद स्थानीय विधायक जी से स्वागत भाषण करवाया। इसके बाद मौसी को सम्मानित किए जाने के लिए उसे मंच पर आमंत्रित किया गया। एक बार, दो बार, तीन बार की उद्घोषणा के बाद भी मौसी मंच पर नहीं पहुँची। मौसी का तो कहीं अता-पता ही नहीं है। अभी कुछ देर पहले तो वह यहीं बैठी थी, इतनी जल्दी कहाँ चली गईं। कुछ लोग जिनके पास मौसी बैठी थी, इधर-उधर देखने लगे। तभी किसी ने बताया कि कुछ देर पहले कोई आया था और मौसी उसी के साथ गाँव की ओर गई है। कुछ लोग मौसी को ढूँढ़ने के लिए गाँव की ओर चले और इधर चतुर उद्घोषक ने समय की नब्ज़ पकड़ते हुए कार्यक्रम को आगे बढ़ाया और मुख्य अतिथि को भाषण के लिए आमंत्रित कर लिया। मुख्यमंत्री जी का भाषण शुरू हो गया। बीच-बीच में उनके नाम से ज़िन्दाबाद के नारे लगते रहे, साथ ही तालियाँ भी बजती रहीं। इधर जो लोग मौसी को ढूँढ़ रहे थे, उन्हें पता चला कि मौसी गाँव की पूरब बस्ती में जाती हुई दिखाई पड़ी थी। वे लोग मौसी को ढूँढ़ते-ढूँढ़ते पूरब बस्ती में पहुँच गए तो पता चला कि मौसी चिखुरी की बहू के प्रसव के लिए आई है। उन लोगों ने मौसी को अन्दर से बुलवाया। थोड़ी देर बाद मौसी बाहर आई। "मौसी जल्दी चलो," उन लोगों ने कहा। "मैं इस समय नहीं चल सकती।" मौसी ने जवाब दिया। "मगर मौसी क्यों नहीं चलोगी?" उन लोगों ने प्रश्न किया। मौसी गुस्से में बोली, "मैंने कहा न, मैं नहीं चल सकती।" वे लोग अवाक् रह गए। वे सभी सोच रहे थे, जिसको सम्मानित करने के लिए मुख्यमंत्री जी आए हैं, वह चलने से इनकार क्यों कर रही है? मौसी वहीं खड़े-खड़े सोचती रही। कुछ ही क्षणों में उसे अन्दर से बहू की चीख सुनाई पड़ी। मौसी के मुँह से अचानक निकला, "तुम लोग जाओ, मैं नहीं चल पाऊँगी...," यह कहते हुए वह तेजी से अन्दर चली गई। वे लोग निराश होकर लौट आए।

मौसी प्रसव-वेदना में तड़पती बहू के मत्थे को सहलाते हुए अतीत में खो

गईं। पल भर में ही वे सारी पुरानी बातें उसके दिमाग में गुजर गई। लगभग 25 साल पहले जब वह इस गाँव में पहली बार आई थी। दो-चार दिन भी नहीं बीते, गाँव में उसको लेकर तरह-तरह की चर्चाएँ होने लगी थीं। तारीफ करने वाले तो इक्का-दुक्का लोग थे पर बुराई करने वालों की संख्या अनगिनत थी। उसने अपने बारे में क्या-क्या नहीं सुना? ऐसे भी लोग थे जो उसे अकारण चरित्रहीन कहने में भी लज्जित नहीं होते थे, जबकि वह उनकी बहन-बेटी की उम्र की थी। कोई कहता सौ-सौ चूहे खा के बिल्ली चली तीरथ करने, कोई कुछ कहता तो कोई कुछ...। पहले तो मौसी उन लोगों के इन कथनों से चिढ़ जाती और प्रतिक्रिया व्यक्त कर देती, फिर धीरे-धीरे उसने इसका संज्ञान लेना ही छोड़ दिया। उसका एकमात्र ध्येय लोगों की सेवा करना और अपने कर्तव्यों का निर्वहन करना ही रह गया। इसी बीच प्रसव-वेदना से तड़पती बहू के चीखने की आवाज और तेज़ हो गई उसका ध्यान भंग हो गया। वह अपने कर्तव्य पालन में तल्लीन हो गई। थोड़ी ही देर में वह खुशी से चिल्ला उठी। औरतों ने सोहर गाना शुरू कर दिया।

मौसी सोचने लगी, जिन कर्तव्यों के लिए आज उसे सम्मानित करने मुख्यमंत्री जी आए हैं, वह उन्हीं कर्तव्यों को छोड़कर कैसे जा सकती थी? मौसी बहुत खुश थी। चिखुरी जच्चा-बच्चा की कुशलता जानकर मौसी के पाँव छूने लगे। मौसी ने उन्हें रोककर कहा, "यह मेरा कर्तव्य है। मेरे प्रति किसी आभार की कोई आवश्यकता नहीं है। मैं लोगों की सेवा के लिए यहाँ तैनात की गई हूँ। इसके लिए मुझे सरकार तनख़्वाह देती है।" लेकिन चिखुरी रुके नहीं। वे जबरदस्ती मौसी का पैर छूकर ही सन्तुष्ट हुए और फिर बोले, "मौसी! तुम भगवान हो, भगवान।" उस समय उसकी आँखें गीली हो गई थीं और आवाज भर्राई हुई थी। लेकिन मौसी यह मानने के लिए तैयार नहीं कि वह भगवान है। वह तो सदैव इसे कर्तव्य मानती चली आ रही है, बिना किसी भेदभाव के, अनवरत, बिना नागा किए। वह इसे अपना सौभाग्य समझती है कि भगवान ने उसे लोगों की सेवा का अवसर दिया है। हालाँकि कुछ दिनों बाद मौसी के इस कर्तव्य भाव को धृष्टता एवं अनुशासनहीनता मानकर उनका निलम्बन कर दिया गया और यह खबर अखबारों में भी छपी। मौसी बहुत दुखी और उदास हो गई। लोगों ने कहा कि मामला मुख्यमंत्री जी से सम्बन्धित है इसलिए इसमें कुछ नहीं हो सकता। यद्यपि गाँव के अधिकांश लोग इस घटना से आहत थे लेकिन सबसे ज्यादा विचलित यदि कोई था तो वे थे चिखुरी। एक-दो दिन बाद चिखुरी तहसील गए। उन्होंने मुख्यमंत्री जी के नाम एक पत्र टाइप करवाकर डाक

से भेजा जिसमें मौसी की कर्तव्यनिष्ठा के ज़िक्र के साथ ही उस दिन की घटना का भी उल्लेख था। लगभग पन्द्रह-सोलह दिन बाद मौसी सवेतन बहाल हो गई। पता चला कि उनके निलम्बन से मुख्यमंत्री जी बहुत नाराज थे और यह कमाल चिखुरी के उस पत्र का था।

कहाँ हो? दादा जी

"तुम क्या जानो ममता क्या होती है?..." रानी ने चीखते हुए कहा। कल्लो बड़ी देर से चुपचाप रानी के अपशब्दों को सुने जा रही थी। इसके बावजूद रानी लगातार दुर्लभप्राय गालियों का प्रयोग करते हुए कल्लो को ज़लील कर रही थी। कल्लो की आँखों से झर-झर आँसू बह रहे थे लेकिन रानी को उसकी भर्त्सना करने में अपार आनन्द मिल रहा था।

हालाँकि बात इतनी बड़ी नहीं थी जिसके लिए रानी इतना चिल्ल-पों मचा रही थी लेकिन कल्लो को नीचा दिखाने का उसे पहली बार अवसर मिला था। वह इस अवसर को कतई गँवाना नहीं चाह रही थी। वैसे तो कल्लो रानी को बहुत मानती थी। यही नहीं कुछ महीने पहले पैदा हुए उसके बच्चे लकी पर तो वह जान छिड़कती थी। उसके पैदा होने से लेकर आज तक उसकी साफ-सफाई, तेल-उबटन, नहलाना-धुलाना, खिलाना-सुलाना सब कुछ कल्लो के ही ज़िम्मे था। कल्लो चाहे बीमार हो या परेशान, वह बिना किसी नागा के खुशी-खुशी लकी की देखभाल करती। कल्लो ने लकी को जन्म भर नहीं दिया था बाकी तो उसकी सारी ज़िम्मेदारी उसी ने उठा रखी थी। लोग कहते भी थे कि लकी की जैसी परवरिश कल्लो करती है, वह रानी के बस की बात नहीं है।

रानी के ज़ोर-ज़ोर से चिल्लाने की आवाज सुनकर घर के अन्य सदस्य भी वहाँ आ गए। सभी रानी को शान्त कराने का प्रयास करने लगे, किन्तु रानी इस मौके को खोना नहीं चाहती थी, इसीलिए परिवार के सदस्यों के सामने कल्लो की छोटी-सी गलती बढ़ा-चढ़ाकर बता रही थी। रानी की इन बातों पर कल्लो कोई

सफाई नहीं दे रही थी। बस वह एक किनारे सिर झुकाए चुपचाप खड़ी थी। रानी लगातार कल्लो के बारे में ऐसी बातें कहती जा रही थी जैसे कल्लो दुर्गुणों की खान हो। थोड़ी देर में अम्मा भी आ गईं और आते ही वहाँ का माहौल भाँप गईं। उन्होंने धीरे से कल्लो को अपने साथ चलने के लिए कहा। अम्मा को पूरा विश्वास था कि कल्लो से कोई भी गलती जान-बूझकर नहीं हुई होगी। अम्मा ने रानी से कहा, "क्यों इतना बखेड़ा खड़ा कर रखा है?" यह सुनकर रानी अम्मा पर भी बिफर गई और ज़ोर-ज़ोर से चिल्लाने लगी, "आप हमेशा हमें ही नीचा दिखाने की कोशिश करती हैं। अब भी कल्लो को डाँटने के बजाय बचा रही हैं।" रानी की बात अम्मा को अच्छी नहीं लगी क्योंकि उन्होंने कल्लो के पक्ष में कुछ कहा भी नहीं था, वह तो बस झगड़ा खतम करने के लिए कल्लो को ले जाना चाह रही थीं। रानी की इस बात पर अम्मा को थोड़ा गुस्सा तो आया लेकिन वह सहज भाव से बोलीं, "पहले मैं जान तो लूँ कि हुआ क्या है? क्या बिना कुछ जाने-सुने ही उसे फाँसी पर चढ़ा दूँ?" अम्मा की इस बात पर रानी और भड़क गई, मगर अम्मा उसकी अनाप-शनाप प्रतिक्रियाओं को अनसुना करते हुए कल्लो को साथ लेकर चली गईं। कल्लो लगातार रो रही थी। अम्मा ने दालान में पहुँचकर कल्लो को अपने पास बैठा लिया और उसे चुप कराने लगीं।

कल्लो बड़ी देर तक सहज नहीं हो पाई। फिर अम्मा के बार-बार पूछने पर उसने आज की घटना के बारे में बताया, "मैं लकी को सुला रही थी। उसे नींद भी आ गई थी। इसी बीच दादी ने पानी के लिए कई बार पुकारा लेकिन जब कोई नहीं गया तो मैंने सोचा कि लकी तो सो गया है, मैं ही दादी को पानी दे आऊँ। मैं रसोई से पानी लाकर दादी को देने लगी तभी लकी के ज़ोर-ज़ोर से रोने की आवाज आई। मैं दौड़कर उसके पास पहुँची तो देखा वह खटोले से नीचे गिरा हुआ है। मैं उसे उठाकर चुप कराने लगी उसी समय वहाँ रानी भाभी आ गईं और लकी को मुझसे छीन लिया। वे मुझे गन्दी-गन्दी गालियाँ देकर डाँटने लगीं।" उसने अपनी बात आगे बढ़ाते हुए कहा, "लेकिन अम्मा! इसमें भाभी की कोई गलती नहीं है, उनकी जगह कोई भी होता तो ऐसा ही करता। गलती तो मेरी ही थी जो मैं बिना किसी को बताए लकी को अकेला छोड़कर चली गई थी।" अम्मा ने कल्लो को तसल्ली देते हुए कहा, "बेटा इसमें तुम्हारी कोई गलती नहीं है, तुम्हें क्या मालूम कि लकी जाग जाएगा? वैसे भी बच्चे के पास कोई लगातार थोड़े ही बैठा रहता है।" कल्लो अम्मा की बात सुनती रही। अम्मा ने आगे कहा—"जाने दो बेटा! रानी तो अनोखी

माँ बनी है, जैसे हम लोगों ने बच्चे ही नहीं पैदा किए हैं?" कल्लो मन से चाहती थी कि इस विवाद का पटाक्षेप हो जाए, इसलिए वह अपनी गलती न होते हुए भी बार-बार जता रही थी कि सारी गलती उसी की है। उसे रानी की केवल एक ही बात बराबर चुभ रही थी, 'तुम क्या जानो ममता क्या होती है? तभी तो भगवान ने तुम्हारी कोख नहीं भरी...'

थोड़ी देर बाद अम्मा किसी काम से वहाँ से चली गईं। कल्लो वहीं बैठे-बैठे अतीत की यादों में खो गई। आज से चालीस साल पहले वह अपने परिवार वालों के साथ किसी यात्रा पर जा रही थी। रेलवे स्टेशन पर ट्रेन का प्लेटफार्म अचानक बदल दिया गया। परिवार के लोग दूसरे प्लेटफार्म की ओर बढ़े मगर भीड़-भाड़ होने के कारण सभी तितर-बितर हो गए। कल्लो तो छोटी बच्ची थी वह भी माँ-बाप से बिछुड़ गई और गलतफहमी में दूसरी ट्रेन में सवार हो गई। जिस ट्रेन पर वह बैठी वह तुरन्त ही चल पड़ी। कल्लो डिब्बे-डिब्बे घूम-घूमकर अपने परिवार वालों को तलाशती रही मगर परिवार का कोई सदस्य नहीं मिला। ट्रेन सुपरफास्ट थी, इसलिए थोड़ी ही देर में कई स्टेशन पार कर गई। कल्लो की उम्र उस समय पाँच-छह बरस की रही होगी। परिवार के सदस्यों के न मिल पाने से वह घबराकर रोने लगी। डिब्बे के कई यात्री उसे चुप कराने लगे। कुछ उसके बारे में जानने की कोशिश करने लगे। कल्लो थी तो छोटी बच्ची ही और उस समय घबराई हुई भी थी इसलिए उस समय अपने नाम के सिवा कुछ भी नहीं बता पा रही थी। इसी दौरान डिब्बे में रेलवे पुलिस के दो सिपाही दिखाई पड़े। लोगों ने उनसे बच्ची की मदद की गुज़ारिश की मगर उन्होंने इसे टालने की कोशिश की। वह इस लफड़े में नहीं पड़ना चाहते थे। कुछ यात्रियों तथा सिपाहियों के बीच इस बारे में कहा-सुनी भी होने लगी। यात्रियों ने कहा कि वे अपनी जिम्मेदारी से भाग रहे हैं मगर सिपाहियों का कहना था कि इस सम्बन्ध में रेलवे पुलिस चौकी या थाने पर सूचना देनी चाहिए। आगे की कार्यवाही वहीं से होगी। उनके स्तर से इसमें कुछ भी नहीं हो सकता है। लेकिन यात्रियों के भारी दबाव के बीच सिपाही कोई ऐसा ग़ास्ता तलाश रहे थे जिससे उनकी जान बच जाए।

वे इधर-उधर देख रहे थे तभी उनकी नज़र सामने बैठे एक बुजुर्ग व्यक्ति के ऊपर पड़ी। ललाट पर चन्दन का लेप, चेहरे पर अनोखा आभा मंडल एवं ओज। वे अत्यन्त सौम्य प्रतीत हो रहे थे। मग़र ऐसा लग रहा था कि उस बुजुर्ग व्यक्ति को अगले स्टेशन पर ही उतरना था क्योंकि वे धीरे-धीरे अपना सामान समेटने लगे

थे। एक सिपाही ने उनसे कहा—"दादा जी आप इस बच्ची को अपने साथ लेते जाइए।" "क्या बात कर रहे हैं दीवान जी! आप तो इसको परिवार से मिलाने के बजाय बात को टाल रहे है," दादा जी ने कहा। "नहीं-नहीं दादा जी! देखिए अभी तो इसके परिवार वाले तुरन्त मिलने से रहे, इसलिए आप इसे अपने साथ लेते जाइए"—सिपाही ने कहा। "अरे! भाई आप उलटी बातें क्यों कर रहे हैं? आप इसे अपने साथ ले जाइए और रेलवे पुलिस चौकी में इसकी सूचना दीजिए। जब तक परिवार वाले नहीं मिलते इसे किसी बाल संरक्षण गृह में रखवा दीजिए," बुजुर्ग व्यक्ति ने कहा। सिपाही समझ गया कि बात नहीं बन रही है। उसने नया तीर चलाया, "दादा जी आप हमारी बात तो सुनिए। समझ लीजिए हमने इसे आपकी सुपुर्दगी में दे दिया। हम आपका नाम, पता ले ले रहे हैं और जब इस बच्ची के परिवार के बारे में पता चल जाएगा तो हम आपके पास से इस बच्ची को ले लेंगे।" तब तक बुजुर्ग व्यक्ति का स्टेशन आ गया। वे बच्ची के बारे में कोई निर्णय नहीं ले पा रहे थे लेकिन उनका अन्तर्मन कह रहा था कि बच्ची को साथ ले चलो। बच्ची के साथ कोई अनहोनी हो गई तो शायद भगवान उन्हें कभी माफ नहीं करेंगे। वे सिपाही को अपना नाम, पता नोट कराते हुए बच्ची को लेकर स्टेशन पर उतर पड़े। सिपाही ने दादा जी का नाम, पता नोट किया भी या नहीं, पता नहीं लेकिन उस बच्ची से उनका पिंड छूट गया। सिपाहियों को ऐसा लगा कि जैसे उन्होंने बहुत बड़ी जीत हासिल कर ली है।

दादा को स्टेशन पर लेने उनके बेटे आए हुए थे। उन्होंने बच्ची को देखते हुए पूछा, "बाबू जी यह बच्ची कौन है?" दादा ने कहा, "अरे! ट्रेन में मिल गई, अपने माँ-बाप से बिछुड़ गई है।" बेटा आगे कुछ और पूछताछ करता इससे पहले उन्होंने कहा, "अभी घर चलो, इस बारे में घर पर बातचीत करेंगे।" दादा जी के घर पहुँचते ही उस बच्ची को लेकर पूरे परिवार में बहुत तना-तनी हो गई। घर का माहौल बड़ा खराब हो गया। अब तो पास-पड़ोस ही नहीं, सारे गाँव के लोगों में यह चर्चा होने लगी कि दादा जी को ट्रेन में एक छोटी बच्ची मिली है। जहाँ कुछ लोग दादा की तारीफ कर रहे थे तो वहीं कुछ लोग तरह-तरह की अनर्गल बातें करने लगे। लेकिन धीरे-धीरे वक्त बदलने के साथ ही उस बच्ची ने परिवार के सभी सदस्यों का दिल जीत लिया। समय बीतता गया किन्तु कल्लो को लेने कोई नहीं आया। माँ-बाप ने जरूर उसकी तलाश की होगी लेकिन...। कहते हैं कि समय बीतते देर नहीं लगती, धीरे-धीरे कल्लो विवाह के योग्य हो गई। हालाँकि दादा ने

उसके अच्छे पालन-पोषण के साथ ही उसे पढ़ाने-लिखाने की काफी कोशिश की लेकिन वह कक्षा आठ के आगे पढ़ने को तैयार नहीं हुई। दादा ने उसका विवाह बड़ी धूमधाम से किया। कल्लो अपने ससुराल चली गई। थोड़े दिनों तक तो सब अच्छा चला मगर जब कई सालों तक कल्लो को कोई सन्तान नहीं हुई तो ससुराल वाले उसे ताने मारने लगे। आपस में तनाव इतना बढ़ा कि बात छुट्टा-छुट्टी तक आ गई। दादा ने काफी कोशिश की, कई मध्यस्थों को बीच में डाला लेकिन बात नहीं बनी और अन्ततः कल्लो दादा के घर आ गई। दादा के लिए यह बहुत ही तकलीफदेह था क्योंकि कल्लो उनकी सगी पोतियों से किसी भी प्रकार से कम नहीं थी बल्कि उन्हीं की तरह प्यारी थी। कल्लो को भी ससुराल के इस व्यवहार से बहुत आघात पहुँचा और धीरे-धीरे उसका स्वास्थ्य खराब रहने लगा। कल्लो की हालत देखकर दादा मानसिक रूप से बहुत परेशान रहने लगे। इस मानसिक चिन्ता का असर उनके शरीर पर भी पड़ा। कल्लो से लगाव के कारण वह हमेशा उसकी तकलीफ को लेकर परेशान रहते और अपनी इस हालत को सम्भाल न पाने के कारण एक दिन इस दुनिया में कल्लो को अकेला छोड़कर चल बसे।

समय बीतता रहा। घर में एक नई बहू आई रानी। वह दादा के दूसरे पोते की पत्नी थी। रानी धनाढ्य घर की लड़की थी, बहुत ऐशो-आराम में पली थी, इसलिए उसकी देख-रेख में कल्लो को लगा दिया गया। वह दिन-रात रानी का खयाल रखती-एक सहेली की तरह, एक सेविका की तरह, लेकिन जब उसे पता चला कि कल्लो का इस परिवार से कोई खून का रिश्ता नहीं है और वह बाहरी है तो रानी ने उससे दूरी बढ़ानी शुरू कर दी। फिर कुछ लोगों ने रानी के कान भी भर दिए कि कल्लो दादा जी की बहुत चहेती थी और बाकी नाती-पोतों की तरह या कभी-कभी उनसे बढ़कर दुलार पाती थी। इन सब बातों से रानी कल्लो से चिढ़ने लगी और उसे नीचा दिखाने के अवसर तलाशती रहती। कुछ समय बाद रानी को बेटा पैदा हुआ। कल्लो उसकी भी सारी जिम्मेदारी उठाने लगी। कल्लो ने उसके लिए वह सब किया जो शायद जन्म देने वाली माँ भी नहीं करती, किन्तु आज की इस छोटी सी घटना को लेकर रानी ने उसके सारे किए-कराए पर पानी फेर दिया। उसे दादा की वह बात याद आने लगी, जब दादा ने उसे एक दिन अकेले में बुलाकर कहा था, "बेटा! मुझे तुम्हारे माता-पिता का पता नहीं, तुम्हारी जात-धरम का पता नहीं, तुम्हारे जन्म-स्थान का पता नहीं, लेकिन आज से तुम मेरी पोती हो। यह परिवार तुम्हारा परिवार है। जब तक मैं जीवित हूँ तुम्हें कोई तकलीफ नहीं होगी..." और

दादा जी ने अपने जीवन भर इसे निभाया। आज उसे दादा की कमी खल रही थी। उसे दादा के साथ का पहला दिन याद आ गया जब दादा ने अपनी उँगली उसकी ओर बढ़ाकर कहा था, "बेटा! मेरी उँगली पकड़ लो इस प्लेटफार्म पर फिसलन है...।" उसने उस समय बिना कुछ सोचे-समझे उनकी उँगली पकड़ ली थी और सकुशल प्लेटफार्म पार कर लिया था और दादा के घर में आ गई थी। दादा के द्वारा उस दिन कही गई इस बात को आज भी सोचकर वह बुदबुदाने लगी, 'कहाँ हो? दादा जी! इस जीवन के प्लेटफार्म पर तो और भी अधिक फिसलन है, काश! आप होते तो मैं आपकी उँगुली पकड़कर जीवन के प्लेटफार्म पर भी आगे बढ़ पाती।' लेकिन अब तो आप हैं नहीं। तभी अम्मा ने आवाज दी, "कल्लो बेटा! आ जाओ, कल दादा की बरसी है, ढेर सारी तैयारी करनी है।" वह तुरन्त उठकर अम्मा के पास चली गई और दादा की बरसी की तैयारी में लग गई...।

कब आओगे लल्ला

"भोले तुम्हारा तार आया है।" तार का नाम सुनते ही भोले किसी अनहोनी के डर से घबरा गया। अभी एक हफ्ते पहले ही तो बाबू जी का तार आया था कि 'अब अम्मा ठीक हो रही हैं, आने की जरूरत नहीं है।' वह सोचने लगा, 'अब फिर से तार। पक्का गाँव से ही आया होगा।' उसे माँ के बारे में ऐसे-ऐसे खयाल आने लगे जो बहुत ही डरावने व दुःखदायी थे। वह दौड़कर तबेले के गेट पर पहुँच गया और डाकिये के हाथ से तार ले लिया। 'तुम्हारी अम्मा की तबीयत ज्यादा खराब है, तुरन्त चले आओ-तुम्हारा बाबू।' तार से आए इस सन्देश को पढ़कर उसने तार देने वाले डाकिये से पूछा, "भैया! ये तार तो दो दिन पुराना है।"

"मैं तो दो दिन से इसे लेकर इधर-उधर घूम रहा हूँ। आपका पता आज मिल पाया है," डाकिये ने कहा।

डाकिये के इस जवाब से भोले सन्तुष्ट नहीं हुआ क्योंकि अभी पिछले हफ्ते ही तो दूसरा डाकिया तार लेकर आया था। इसके पहले भी उसी के कई तार आ चुके थे। वैसे भी काली महराज का तबेला दूर-दूर तक मशहूर है। अन्दर से तो उसे इतना गुस्सा आ रहा था कि डाकिये का सिर तोड़ दे पर वह मन मसोस कर रह गया।

तार पढ़ने के बाद वह झट से दौड़ पड़ा और सीधे तबेले के अन्दर वंशी काका के पास पहुँचा। वह जोर-जोर से रोने लगा। वंशी जब तक कुछ समझ पाते उसका रोना और भी तेज हो गया। तबेले में काम करने वाले और लोग भी वहाँ आ गए। इसमें ज्यादातर लोग या तो उसके गाँव के थे या आस-पास के गाँवों के थे।

"आखिर क्या हुआ बेटा! किसी ने कुछ कहा क्या?" वंशी ने पूछा।

"माई...माई..." रुँधे गले से भोले केवल इतना ही बोल पाया।

तभी भोले के गाँव का ही एक लड़का उसके हाथ से तार वाला कागज लेकर पढ़ने लगा। "अरे काका! बड़की माई ज्यादा बीमार हैं, इसी का तार आया है," लड़के ने तार पढ़ने के बाद बताया।

वहाँ खड़े कई लोग लगभग एक साथ बोल पड़े, "तभी तो हम कहें कि कोई गम्भीर बात है जो भोले दहाड़ मारकर रो रहा है।"

"अरे भाई! माई की बीमारी की खबर है, कोई भी घबड़ा जाएगा," अन्य कुछ लोगों ने यह कहते हुए भोले के प्रति अपनी सहानुभूति प्रकट की।

"काका ! मुझे अभी गाँव जाना है," भोले ने भराई आवाज में वंशी से कहा।

"तुम बहुत जल्दी घबरा जाते हो। पहले भी तो तीन-चार तार आए थे और तुम हर बार गाँव गए। भौजी भी तुम्हारे बिना बौराई रहती हैं। उन्हें कोई न कोई बहाना चाहिए तुम्हें गाँव बुलाने का...," वंशी की बात पूरी भी नहीं हुई थी कि भोले बीच में ही रोते-रोते बोल पड़ा।

"लेकिन काका! इस बार मेरा मन ज्यादा घबरा रहा है।"

"तो ठीक है, जब तुम्हें कुछ सुनना-समझना नहीं है तो जाओ," वंशी ने भोले से कहा। उसके बाद वंशी गाँव के ही जगनू की ओर मुखातिब हुए, "भाई, लड़का अपने मन का हो गया है। इसे दादर में ट्रेन पर बैठा दो। अब रिजर्वेशन तो मिलना नहीं है। टिकट लेकर जनरल डिब्बे में बैठा देना।"

"तुरन्त निकल लें तो इन्हें काशी एक्सप्रेस मिल सकती है," गाँव के ही एक आदमी ने कहा।

"अब जो मिले सो मिले हमें क्या करना है?" यह कहते हुए वंशी ने अपने बनियान के अन्दर की जेब से कुछ रुपया निकालकर भोले को पकड़ाते हुए यह हिदायत दी, "कपड़ा-लत्ता रखो और तुरन्त निकल लो। जब जाना ही है तो देर करने से क्या फायदा।"

जगनू भोले को अपने साथ लेकर खोली पर चले। तबेले के पिछले हिस्से में ही छोटे-छोटे कमरे बने थे। कहने को तो ये पक्के कमरे थे किन्तु किसी की भी छत पक्की नहीं थी। कुछ टिन से तो कुछ त्रिपाल से ढँके थे जबकि कुछ पर फूस के छप्पर पड़े थे। दीवालें भी बिना प्लास्टर की थीं जिनकी ईंटों में जगह-जगह लोना लग गया था। वे ऐसा अहसास करा रही थीं कि जैसे किसी प्राचीन कालीन सभ्यता के भग्नावशेष हैं।

अपने झोले में जरूरी सामान रखकर भोले जगनू के साथ दादर स्टेशन के लिए रवाना हुआ। जल्दी के लिए इन लोगों ने बस के बजाय ऑटो पकड़ा और थोड़ी देर बाद स्टेशन पहुँच गए। दादर स्टेशन पर भीड़ का रेला देखकर ऐसा लगा कि जैसे कुम्भ मेले में आ गए हों। टिकट काउंटर पर लगी लाइन का कोई ओर-छोर नहीं था।

"क्या करें चाचा, टिकट कैसे मिलेगा?" भोले ने जगनू से कहा।

"यही तो मैं भी सोच रहा हूँ," जगनू बोले। ये दोनों आपस में यही बातें कर रहे थे कि तभी एक आदमी पास आकर बोला, "बिल्कुल मिलेगा, अगर चाहिए तो मिलेगा।"

"हाँ चाहिए तो।"

"लेकिन ऐसे नहीं मिलेगा।"

"तब कैसे मिलेगा?"

"जाना कहाँ है?"

"जंघई जंक्शन"

"ये कहाँ है भाई?"

"बनारस के पास।"

"अच्छा तो काशी एक्सप्रेस से।"

"हाँ-हाँ।"

"पूरा सौ रुपया लगेगा"

"अरे वहाँ का किराया तो साठ रुपया है?"

"तो फिर ले लीजिए, ट्रेन तो आधे घंटे में जाने वाली है, न टिकट मिलेगा न ही ट्रेन में जगह मिलेगी," आदमी ने व्यंग्यात्मक स्वर में कहा।

हमारे समाज की यह विशेषता है कि आपको मदद करने वाले हर जगह मिल जाते हैं। हाँ! इनके तौर-तरीके जरूर अलग-अलग हैं। कुछ लोग बिना किसी प्रतिफल की अपेक्षा किए ही मदद करते हैं, कुछ मदद के बदले वाजिब दाम लेते हैं, पर कुछ मदद के बदले मजबूरी की गहराई को मापकर पूरी वसूली कर लेना चाहते हैं। यह आदमी भी इसी तीसरी श्रेणी का था जो किसी की परेशानी को भाँपकर मोल-तोल करता था। इसे बचपन में किसी ने रेलवे में टिकट की दलाली करने वाले दलाल के साथ लगा दिया था, बाद में वह खुद दलाली का केन्द्र बन गया।

"अरे भाई जल्दी बोलो। बहुत सारे लोग टिकट तलाश रहे हैं," दलाल ने कहा।

"ज्यादा माँग रहे हो?"

"ट्रेन का सिग्नल हरा तो होने दो, दाम तिगुना हो जाएगा।"

"अरे भाई थोड़ा मेहरबानी करो, हम बहुत मजबूर हैं, इनकी माँ काफी बीमार है," जगनू ने दलाल से सहानुभूति की आशा करते हुए यह भावुक अपील की। लेकिन इसका कोई असर उस दलाल पर नहीं पड़ा।

"भैया बहुत हो गया। मैंने कोई खैरातखाना थोड़े ही खोल रखा है। एक टिकट के पीछे कितने गिद्ध हैं तुम्हें क्या मालूम। नुचते-खुचते मेरे हिस्से में दस-पाँच ही बचता है, अब लेना है तो लो, नहीं तो मैं चलूँ," दलाल ने बेरुखी दिखाते हुए कहा जिससे यह जाहिर हो जाए कि तुम्हारी गर्ज हो तो उसी दाम पर टिकट ले लो नहीं तो फिर टिकट मिलने से रहा। कोई और चारा न देख इन लोगों ने दलाल को पैसा दिया और टिकट लेकर प्लेटफार्म की ओर बढ़े। लेकिन प्लेटफार्म पर तो भीड़ का रेला बाहर से भी ज्यादा भयावह था और ट्रेन के डिब्बों में चढ़ने के लिए हर कोई धक्का-मुक्की कर रहा था। इसे देखकर ही भोले की हिम्मत जवाब दे गई मगर गाँव तो जाना ही था। जगनू चाचा को प्रणाम करने के बाद वह भी उसी रेले में शामिल हो गया जो ट्रेन के डिब्बे में चढ़ने के लिए मैराथन प्रयास में लगी हुई थी। और लोगों की तरह अब भोले भी डिब्बे में घुसने की जुगत में लग गया। उसे कभी पीछे की भीड़ आगे कर देती कभी आगे की भीड़ पीछे। आगे-पीछे होते-होते ट्रेन की रवानगी के लिए हरा सिग्नल भी हो गया और ट्रेन की पहली सीटी भी हो गई। एक बारगी तो भोले को लगा कि वह डिब्बे के अन्दर नहीं पहुँच पाएगा पर अचानक पीछे की भीड़ के रेले के धक्के से वह डिब्बे के दरवाजे पर पहुँच गया और उसने दरवाजे के सींखचे को मजबूती से पकड़ लिया और बार-बार की धक्का-मुक्की पर भी उसने इसे नहीं छोड़ा। ट्रेन चल पड़ी। अक्सर यही होता है कि ट्रेन चलने के बाद डिब्बे में धीरे-धीरे जगह बनने लगती है। लोगों में दोस्ती भी होने लगती है, हो भी क्यों नहीं, कहीं न कहीं वे हमराही होते हैं भले ही थोड़े समय के लिए, छोटे सफर के लिए।

भोले भी धीरे-धीरे डिब्बे के अन्दर पहुँच गया। आस-पास के सहयात्रियों से परिचय का सिलसिला चला तो एक महाशय पास के ही गाँव के निकल आए। उन्होंने अपनत्व दिखाया और अपने शरीर को थोड़ा सिमटाते हुए भोले के लिए थोड़ी जगह बना दी। भोले भी उस बर्थ पर अटक गया।

सीट पर बैठने के बाद भोले थोड़ा निश्चिन्त हुआ कि अब तो गाँव पहुँच

ही जाएँगे। उसका ध्यान बार-बार माँ की ओर चला जा रहा था। माँ के साथ ही स्वाभाविक रूप से बाबू जी, घर-परिवार, गाँव-गिराँव सबका ध्यान आने लगा। धीरे-धीरे वह पुरानी यादों में खो गया। वह बम्बई कत्तई नहीं आना चाहता था लेकिन वंशी काका ने बाबू जी को क्या पाठ पढ़ाया कि उन्होंने यह फरमान दे डाला कि मैं वंशी काका के साथ बम्बई जाऊँ। मेरी कमी यह थी कि मैं पढ़ाई की ओर कम ध्यान देता था और इंटर की परीक्षा में मेरे नम्बर कम आए थे। हालाँकि इसमें मेरी कोई गलती नहीं थी। मुझे किताबी पढ़ाई और बँधकर पढ़ना-लिखना पसन्द नहीं था लेकिन व्यवस्था में तो उसी की बातें अपनानी पड़ती हैं। गाँव के बहुत सारे लोगों को वंशी काका बम्बई ले गए। लोग उन पर सहज विश्वास करते थे। वैसे वे बम्बई में एक तबेले में काम करते थे। शुरू-शुरू में तो वे गाय-भैंसों की धुलाई करने, चारा-पानी देने, गोबर उठाने, दूध दुहने आदि का काम करते थे लेकिन वक्त के साथ ही वे तबेला मालिक के खास हो गए और मैनेजर का काम करने लगे। हाईस्कूल फेल होने के बाद उनके पिताजी ने भी बगल के गाँव के किसी जान-पहचान वाले आदमी के साथ काम के वास्ते उन्हें बम्बई भेजा था और धीरे-धीरे काका ने ऐसा रंग जमा लिया कि केवल अपने गाँव के ही नहीं, अगल-बगल के गाँवों में उन्हें लोग सम्मान से देखते हैं। आज भी जब वे गाँव आते हैं तो लकलक धोती, कलफ किया कुर्ता, कन्धे पर सफेद अंगोछा, पैरों में चमड़े के जूते और इस पर उनकी खरौंचा छाप मूँछें जिन पर सिर के बालों की तरह ही कंघी फिरी रहती थी। उन्हें देखकर ही लोग उनके व्यक्तित्व से आकर्षित हो जाते हैं।

हालाँकि मेरे बाबू जी उस जमाने में बी.ए. तक पढ़े थे, गाँव के मुखिया भी थे लेकिन मेरे मामले में उन्हें अविश्वास था। उन्हें लगता था कि इसे आगे पढ़ाना-लिखाना पैसे के साथ ही वक्त की बर्बादी भी है इसलिए इसे काम-धन्धे पर लगा दो। इसके लिए उन्हें वंशी काका से उपयुक्त कोई व्यक्ति समझ नहीं आ रहा था। वंशी काका बाबू जी का बड़ा सम्मान करते थे वे कुछ ही लोगों का पैर छूते थे इनमें से एक बाबू जी भी थे।

बाबू जी का यह फैसला केवल घर में ही नहीं बल्कि सारे गाँव में आग की तरह फैल गया कि भोले वंशी काका के साथ बम्बई जा रहा है। बाबू जी के इस फैसले से कुछ लोग तो तटस्थ थे, कुछ यार दोस्त थोड़ा दुखी थे लेकिन यह फैसला जिसे सबसे ज्यादा आहत करने वाला था, वह थी अम्मा। अम्मा ने यह सुनते ही तत्काल अपनी नाराजगी जाहिर की। यद्यपि वे घर के बाहर काफी कम निकलती

थीं, परन्तु आज वे बिना किसी झिझक के सीधे घर के बाहर चबूतरे पर जा पहुँची जहाँ बाबू जी गाँव के कई लोगों के साथ बैठे थे।

'मैं क्या सुन रही हूँ?" अम्मा ने बाबू से कहा।

"सही सुन रही हो," बाबू ने जवाब दिया।

"तो हमारा भी फैसला सुनिए। मैं प्राण त्याग दूँगी, अगर भोले मेरी नजर से दूर गया।"

"लेकिन क्यों? मैं तो यह उसकी भलाई के लिए कर रहा हूँ।" अम्मा के अनपेक्षित कथन से बाबू जी थोड़ा रक्षात्मक हो गए।

"मैं कुछ और नहीं जानती। वह कहीं नहीं जाएगा बस।"

"उसे जाना होगा, यह मेरा आखिरी फैसला है," बाबू जी ने कहा।

"तो आप भी मेरा मरा मुँह देखेंगे... " यह कहते हुए अम्मा तेजी से घर के दरवाजे की ओर पलट गईं।

घर में कुहराम मच गया। यद्यपि यह कहना उचित नहीं होगा कि एक सन्तान के लिए माई-बाबू की प्रतिष्ठा आपस में टकरा गई फिर भी मेरे लिए यह बहुत बड़ी घटना थी। मैंने अब तक अम्मा को बाबू के प्रति इतना कठोर व्यवहार करते हुए नहीं देखा था। दोनों अपनी जगह सही लग रहे थे जहाँ अम्मा मेरे बचपन को बम्बई नगरिया में खो जाने से डर रही थीं, वहीं बाबू जी मुझे अपने पैरों पर खड़ा करना चाह रहे थे। अम्मा मन व हृदय के वशीभूत थी जबकि बाबू बुद्धि व तर्क के। शाम का धुँधलका और बढ़ने पर बाबू घर के आँगन में आए और अम्मा को आवाज दी, "अरे भाई! तुम तो खामखाह ही नाराज हो गईं। मैं भोले का दुश्मन थोड़े ही हूँ। आखिर कब तक उसे अपने आँचल से बाँधकर रखोगी। उसे देश-दुनिया देखने दो। अपने पैरों पर खड़े होने दो... "

बाबू जी बोलते चले जा रहे थे पर अम्मा कुछ नहीं बोल रही थीं। लेकिन लगातार उठ रही उसकी सिसकियों से यह लग रहा था कि वह बाबू जी के किसी भी तर्क से सहमत नहीं है। वह तो बस यही सुनना चाहती है कि बाबू जी बोल दें भोले अब बम्बई नहीं जाएगा। खैर यह कहाँ होना था। बाबू जी एक बार जो फैसला ले लेते थे उसे बदलना असम्भव होता था।

धीरे-धीरे रात होती गई। घर के सभी लोगों ने कुछ न कुछ खा-पी लिया, बस अगर किसी ने नहीं खाया तो वे थे बाबू जी और अम्मा।

सुबह होते ही वंशी काका दरवाजे पर हाजिर हो गए। मैं भी तन से हाजिर हो

गया क्योंकि मन से तो मैं भी कत्तई तैयार नहीं था लेकिन बाबू जी के हुक्म की अवज्ञा करना मेरे वश में नहीं था।

मैं जाने से पहले अम्मा से मिलकर रोना चाहता था और उन्हें अपनी भावनाओं से अवगत कराना चाहता था कि अम्मा तू धन्य है कि मैंने तेरी कोख से जन्म पाया। लेकिन बाबू जी ने फिर हुक्म दिया, "ट्रेन के लिए देर हो रही है, स्टेशन के लिए निकलो।" और मैं वंशी काका के साथ स्टेशन के लिए रवाना हो गया। अम्मा दरवाजे की चौखट पर खड़ी भोले को जाते देखती रहीं। रोते-रोते उनके मुँह से केवल यही निकला, "कब आओगे लल्ला..."

"अरे भाई! कुछ खाओगे नहीं?" सहयात्री की आवाज से उसका ध्यान भंग हुआ।

"नहीं, मुझे अभी भूख नहीं है," भोले ने कहा।

"अरे भाई सफर लम्बा है," सहयात्री ने सहानुभूति दिखाते हुए कहा।

"कोई बात नहीं। जब भूख लगेगी तो खा लूँगा," भोले बोला। धीरे-धीरे शाम फिर रात हो गई। यात्रीगण नींद में इधर-उधर लुढ़कने लगे लेकिन भोले को नींद नहीं आ रही थी। उसने पीछे की ओर टेक लेकर आँखें बन्द कर लीं।

ट्रेन अपनी रौ में चलती रही। जब सुबह हुई तो ट्रेन इलाहाबाद जंक्शन पर खड़ी थी। इलाहाबाद आते-आते ट्रेन भी काफी खाली हो गई थी। ट्रेन के डिब्बे में चढ़ना-उतरना आसान हो गया था। भोले प्लेटफार्म पर आ गया। पास के नल से मुँह धोया और अपने डिब्बे के दरवाजे के पास ही खड़ा हो गया।

"अरे भोले! काशी एक्सप्रेस से आ रहे हो क्या?" भोले ने आवाज सुनी तो उसे यह जानी-पहचानी लगी। मुड़कर देखा तो गट्टे भैया थे। गट्टे उसकी बुआ के लड़के थे। उसने गट्टे भैया का पैर छुआ।

"अरे इस समय पैर नहीं छूते।"

"क्यों?"

"अरे शुद्धक लगा है न?"

भोले का माथा ठनका वह कुछ बोलता तब तक गट्टे भैया फिर बोल पड़े, "मामी के मरने की खबर कब मिली?"

भोले का चेहरा फक्क हो गया। कुछ क्षण के लिए तो उसके होश उड़ गए फिर वह जोर-जोर से रोने लगा। उसके रोने की आवाज सुनकर अन्दर के सहयात्री भी आ गए। गट्टे को कुछ समझ में नहीं आ रहा था। गट्टे तो भोले के ही घर जा

रहा था। उसे नहीं मालूम था कि मामी के मरने की खबर का भोले को पता नहीं है। वह बहुत पछता रहा था लेकिन अब करे क्या?

ट्रेन के लिए हरा सिग्नल हो गया। सभी जल्दी-जल्दी डिब्बे के अन्दर आ गए। भोले बेचैन होकर कभी इधर-उधर देखता, कभी निःशक्त-सा हो जाता। वह कभी बेसुध कहीं खो जाता। कुछ देर बाद उसने गट्टे से पूछा, "भैया! अम्मा कब चली गईं।"

"चार दिन हो गए," गट्टे ने कहा। भोले चुप रहा, "मामा बता रहे थे कि तुम्हारे लिए दो-दो तार भिजवाए थे," गट्टे ने फिर कहा।

"मामी आखिरी वक्त में तुम्हें ही याद कर रही थीं। बार-बार कह रही थीं कि कोई मेरे भोले को ले आओ। कोई मेरे भोले को एक बार दिखा दो।..."

भोले कुछ सुन रहा था कि नहीं पता नहीं पर वह फिर पुराने क्षणों में खो गया। जब-जब घर से अम्मा की बीमारी का तार आता भोले बिना देर किए घर पहुँच जाता, अम्मा दो-तीन दिन में ही ठीक हो जाती। जो काम वैद्य-डॉक्टर की दवाइयाँ नहीं कर पातीं, वह उनके पास भोले का आना ही कर जाता क्योंकि अम्मा बीमार थोड़े ही थी, अम्मा तो भोले के अपनी नजरों से ओझल हो जाने के कारण बीमार हो जाती थीं और यह बीमारी कोई पकड़ नहीं पा रहा था या पकड़ना नहीं चाहता था।

और इस बार तार के बाद भी भोले नहीं आया। अम्मा कितना इन्तजार करती, अपने लाडले का, आँख के तारे का। आखिर कितना इन्तजार करती...। उसके प्राण पखेरु स्वतंत्र होना चाहते थे जिससे वे सूक्ष्म रूप में कभी भी और कहीं भी अपने भोले के पास पहुँच सकें या यो कहें कि उसी के इर्द-गिर्द मँडरा सकें...।

अम्मा

आज बाबूजी रिटायर होकर पूरी तौर पर घर आ गए। हालाँकि एक-डेढ़ माह पहले से ही उनका सामान धीरे-धीरे घर लाया जाने लगा था। बाबूजी स्टेशन मास्टर थे सो कोई दिक्कत भी नहीं थी। बाबूजी के दो बेटे थे बड़ा बेटा बड़े और छोटा बेटा छोटे। दोनों लड़के कभी बारी-बारी से और कभी एक साथ ही एक ट्रेन से जाते और दूसरी ट्रेन से कुछ न कुछ सामान लादकर घर ले आते। सामान लाने में दोनों बेटों का रवैया अलग-अलग था। जहाँ बड़ा बेटा छोटे-मोटे कीमती सामानों में से कुछ को अपनी पत्नी को छिपाकर रखने के लिए दे देता वहीं छोटा बेटा सारा सामान लाकर माँ को सौंप देता।

खैर! बाबूजी के आने के बाद शाम को दरवाजे पर गाँव के काफी लोगों का आना-जाना हुआ। बाबूजी आते समय काफी मात्रा में मिठाइयाँ भी लाए थे। गाँव के लोगों की आवभगत करते हुए उन्हें मिठाई खिलाई गई। धीरे-धीरे सभी अपने-अपने घरों को चले गए। रात हो गई। खाना भी तैयार हो गया था। माँ ने कहा कि खाना तैयार है। बाबूजी, दोनों बेटे, पोते-पोती सभी एक साथ आँगन में खाने के लिए बैठे। दोनों बहुएँ चौके में थीं। छोटी बहू खाना परोसने लगी और बड़ी बहू एक-एक थाली लाकर आँगन में देने लगी। खाना खाने के बाद दोनों बेटे व बाबूजी दरवाजे पर सोने चले गए। इसके बाद माँ और बहुएँ भी आँगन में खाना खाने लगीं। दोनों बेटे बाबूजी का पैर दबाने के लिए उनकी चारपाई के पास आ गए। बाबूजी के मना करने पर भी वे पैर दबाने लगे। थोड़ी देर में माँ भी खाना खाकर आ गईं। छोटे ने माँ को पास पड़ी कुर्सी पर बैठने के लिए कहा मगर माँ ने मना किया। बाबूजी ने भी कहा, "अरे भई! इस समय कौन देख रहा है? वैसे भी अब तुम बुजुर्ग हो गई

हो।" माँ बेमन से कुर्सी पर बैठ गई क्योंकि आज तक घर के बाहर वह अपने पति या बड़े बुजुर्गों के सामने कभी भी कुर्सी या चारपाई पर नहीं बैठी। वह आवश्यकता पड़ने पर नीचे बोरा या चटाई पर बैठ जाती थी या फिर खड़ी ही रहती थी।

दोनों बेटे पैर दबा रहे थे। बीच में बाबूजी, माँ तथा दोनों बेटों में गाँव-देश, नाते-रिश्तेदारों की चर्चा होती रही। बड़ा बेटा बाबूजी के रिटायर होने के कुछ महीने पहले से ही अपने दिमाग में कुछ योजनाएँ बना रहा था मगर उस पर अमल करने के लिए वक्त का इन्तजार कर रहा था और अब वह समय आ गया था क्योंकि उस समय वहाँ माता-पिता के अलावा केवल दोनों भाई ही थे। बाबूजी का आज का दिन काफी व्यस्त रहा अन्तिम दिन होने के कारण सारा काम समेटने के साथ ही साथी कर्मचारियों से मेल मुलाकात, विदाई समारोह से बड़ी थकान हो गई थी इसलिए उन्हें नींद आने लगी। बड़े बेटे को लगा कि अगर बाबूजी सो गए तो पता नहीं ऐसा मौका कब मिलेगा। वह बोला, "बाबूजी! नींद आ रही है क्या?"

"हाँ बेटा! बहुत थक गया हूँ," बाबू ने कहा।

"बाबूजी एक बात कहनी है," बड़े बोला।

"जरूरी न हो तो कल बात कर लें," बाबू जी ने उत्तर दिया।

"जरूरी है बाबूजी।"

"भैया ऐसा क्या जरूरी है? बाबूजी थके हैं, सोने दीजिए कल बात कर लीजिएगा," छोटे ने कहा।

"तुम बीच में न बोलो," बड़े बोला।

"मैंने क्या गलत कह दिया?" छोटे ने जवाब दिया। बाबू जी को लगा कि दोनों भाइयों में लड़ाई न हो जाए। उन्होंने छोटे को चुप कराते हुए बड़े से कहा, "बोलो क्या कहना है?"

"कुछ नहीं।"

"अरे अब बोलो भी," बाबू जी ने मनुहार करते हुए कहा।

"क्या बोलें जब भी कुछ कहना चाहते हैं यह बीच में टाँग अड़ा देता है।"

"अब छोड़ो भी, बात तो कहो," बाबू जी ने अनुरोध की मुद्रा में कहा।

"बाबूजी ऐसा है कि अभी तक आप नौकरी पर थे। नौकरी में खुद ही इतना तनाव रहता है कि मैंने घर की बहुत सी बातें दबा रखी थीं कि आप उसे सुनकर परेशान हो जाएँगे। अब आप रिटायर हो गए हैं इसलिए मैं सारी बातें कहना चाहता हूँ।"

"बिल्कुल कहो," बाबूजी बोले। बड़े की बात सुनकर माँ व छोटे विस्मृत हो गए कि आखिर ऐसी कौन सी जरूरी बात है जो उसने अभी तक नहीं कही और अब कहना चाहता है।

"बाबूजी मेरी और छोटे की पत्नी में जरा-सी भी नहीं पटती। हालत यहाँ तक हो गई है कि मजबूरी में ही वह छोटे की पत्नी के साथ रह रही है लेकिन अब एक साथ रहना सम्भव नहीं है।"

बाबूजी ने बात काटते हुए कहा, "बेटा! उतावलेपन में ये सब बातें तय नहीं होतीं। अभी तुम लोग सो जाओ। मैं दोनों बहुओं से बात करूँगा, तुम्हारी अम्मा भी बात करेंगी। हर समस्या का समाधान है इसका भी हल निकलेगा।"

"ठीक है बाबूजी लेकिन इसमें जितनी देर होगी उतनी ही दिक्कत होगी। अगर घर के अन्दर ही बातें तय हो जाएँगी तो ठीक रहेगा नहीं तो बात फूटेगी और बाहर तक फैलेगी।"

बाबूजी कुछ नहीं बोले और सोने का अभिनय करने लगे लेकिन उनकी नींद तो उड़ गई थी। बाबूजी की सारी रात करवट अदलते-बदलते बीत गई। उन्हें बड़े द्वारा कही गई बातें अन्दर से हिला गईं। वे डर गए कि कहीं बड़े कल सबेरे ही कोई बखेड़ा न खड़ा कर दे। उन्हें समझ नहीं आ रहा था कि वे इसकी चर्चा किससे करें, किससे सलाह लें, जिससे इस समस्या का हल निकल आए या कम से कम कुछ दिनों के लिए टल ही जाए। बहुत सोच-विचार के बाद भी कोई रास्ता नहीं सूझा। बाबूजी की तरह ही अम्मा भी रात भर इसी बात से चिंतित रहीं। उन्हें भी कुछ समझ में नहीं आ रहा था कि बड़े ने आज अचानक ऐसा बर्ताव क्यों किया? क्या रिटायरमेंट के दिन ही यह तमाशा खड़ा करना था? वह अपने पति की मन:स्थिति समझ रही थी किन्तु इस स्थिति में नहीं थीं कि उनकी कोई मदद कर सके। फिर भी वह अपने को रोक नहीं पाई और सुबह-सुबह पति के पास पहुँचकर कुछ कहने की कोशिश करने लगी किन्तु उसकी आवाज ही नहीं निकली। उसको देखकर बाबूजी बोल उठे, "बड़े ने बड़े धर्मसंकट में डाल दिया है।"

"जी," अम्मा बोलीं।

"अब तो दिमाग ही नहीं काम कर रहा है।"

"मैं एक बार समझाती हूँ।"

"नहीं, वह नहीं समझेगा। उसके दिमाग में बँटवारे का फितूर है। ऐसी दशा में इनसान की बुद्धि भ्रष्ट हो जाती है।"

“तो फिर उसी के मन का होने दीजिए।”

“आखिर फिर दूसरा रास्ता ही कहाँ है?” पति-पत्नी दिल पर पत्थर रखकर बड़े बेटे के बँटवारे की जिद के आगे नतमस्तक हो गए और इसे नियति मानकर सहमत हो गए। उन्हें लगा कि बात बिगड़े और गाँव-देश में थुक्का-फजीहत हो, इससे अच्छा इसे मान लिया जाए।

इसके बाद बाबूजी ने बड़े बेटे को बुलाकर कहा कि “बेटा न चाहते हुए भी तुम्हारी बात हम मान रहे हैं मगर...”

“मगर क्या...?” बड़े थोड़ा तमतमाते हुए बोला।

“मगर यह कि गाँव-देश में किसी को पता न चलना चाहिए कि घर में बँटवारा हुआ है।”

“क्या मतलब बाबूजी?”

“मतलब यह कि बँटवारे की बात घर के अन्दर ही रहेगी,” बाबूजी ने कहा।

“ठीक है, मुझे इसमें क्या दिक्कत है,” बड़े बोला।

“तो ठीक है थोड़ी देर में सभी लोग आँगन में आ जाओ वहीं सब बातें तय होंगी।’

थोड़ी देर में सभी आँगन में इकट्ठे हुए। बाबूजी ने कहा, “बड़े! तुम बताओ क्या चाहते हो?”

“मैं बिना किसी लाग लपेट के सीधी बात कहना चाह रहा हूँ। मेरा परिवार व बाबूजी एक साथ तथा छोटे का परिवार व अम्मा एक साथ हो जाएँ।” बड़े बोला। बड़े की बात काटते हुए छोटे ने कहा—“अम्मा-बाबूजी का बँटवारा क्यों? अगर आपको अलग होना है तो हो जाइए बाबूजी व अम्माजी एक साथ ही रहेंगे चाहे वे आपके साथ रहे या मेरे साथ।”

“बिल्कुल नहीं! अम्मा के तुम प्राण प्यारे हो तो वह मेरे साथ क्यों रहना चाहेंगी,” बड़े ने गुस्से में कहा।

“तो अम्मा के साथ बाबूजी भी हमारे पास रहेंगे,” छोटे ने प्रतिकार किया।

“ऐसा नहीं हो सकता। कल जब बात खुलेगी तो लोग कहेंगे कि मैंने माँ-बाप में से किसी को भी अपने साथ नहीं रखा और दोनों को छोटे भाई के जिम्मे डाल दिया।”

बड़े की इस बात में कोई दम नहीं था बल्कि इसमें उसकी चालाकी व धूर्तता साफ-साफ दिखाई पड़ रही थी। हकीकत में भी ऐसा ही था क्योंकि बड़े की नजर बाबूजी की पेंशन पर थी। वैसे भी अम्मा से क्या मिलना था? जब तक बाबूजी

नौकरी में थे तो उनकी आमदनी से ही घर-बार चलता रहा। इसके अलावा आमदनी का और कोई खास जरिया तो था नहीं। खेती-बाड़ी भी ज्यादा नहीं थी। अब आगे तो पेंशन से ही खर्चा चलना था और पेंशन से पूरे परिवार का खर्चा सही ढंग से चलना अत्यन्त कठिन था। बड़े बेटे की जिद के आगे किसी की एक नहीं चली और उसके मन मुताबिक बँटवारा हो गया।

बड़े ने बँटवारे के बारे में अम्मा-बाबूजी की कोई बात नहीं मानी। वह बँटवारे को ऐसे लागू कर रहा था जैसे दो देशों का बँटवारा हुआ हो। बँटवारे के बाद बाबूजी उदास रहने लगे। उनका मन घर परिवार से उचट गया। वे अब किसी बात पर कोई प्रतिक्रिया नहीं करते। बड़े जो भी कहता वे यंत्रवत् मान लेते। बड़े ने अम्मा के साथ ही छोटे के परिवार को भी बाबूजी से मिलने से कई तरह की पाबन्दियाँ लगा रखी थीं। बाबूजी अब अन्यमनस्क होते जा रहे थे।

समय के साथ-साथ बड़े के परिवार की माली हालत अच्छी होती जा रही थी पर छोटे की स्थिति खराब होती गई। बाबूजी भी बीमार रहने लगे। कहते हैं कि चिन्ता चिता की तरह है बाबूजी के बारे में यह बात पूरी तरह सही साबित हो रही थी। वे दिन-रात चिन्ता में डूबे रहते और एक दिन अपनी सारी चिन्ताओं के साथ वे इस दुनिया को छोड़कर चले गए।

उनकी मृत्यु के बाद क्रिया-कर्म को लेकर बखेड़ा हुआ। आखिर में छोटे ने अपने अकेले दम पर कर्ज लेकर इसे निपटाया। तेरहवीं के दूसरे ही दिन बड़े ने छोटे से कहा कि "ऐसा है पिताजी तो चले गए मुझसे जितना बन पड़ा मैंने उनकी सेवा की। अब प्रभु की ऐसी ही इच्छा थी कि वे हमें छोड़कर चले गए।"

"भैया! सीधे-सीधे बताइए आप कहना क्या चाहते हैं?" छोटे बोला।

"यही कि अब अम्मा हमारे साथ रहेंगी।"

"क्यों?"

"क्या वे हमारी अम्मा नहीं हैं?" बड़े ने कहा।

"हैं तो लेकिन इतने दिन तक आपको उनकी याद नहीं आई और वैसे भी अम्मा तो मेरे हिस्से में आई हैं।"

"कुछ भी हो मगर मुझे भी कुछ दिन के लिए अम्मा की सेवा का मौका मिलना चाहिए।"

हालाँकि बड़े अम्मा को अपने साथ उनकी सेवा के लिए नहीं रखना चाहता था बल्कि उसे पता था कि बाबूजी के देहान्त के बाद उनकी पारिवारिक पेंशन अम्मा

को मिलेगी और अगर अम्मा साथ आ जाएगी तो उसकी स्थिति बेहतर बनी रहेगी।

दो-तीन दिन तक लगातार कोशिश करने के बाद बड़े की चाल सफल हो गई और अम्मा उसके साथ आ गई। बड़े ने उनकी पेंशन के कागजात बनवा लिये। उनके नाम पेंशन आने लगी और बड़े की दसों अँगुलियाँ घी में हो गईं।

समय बीतता गया। बाबूजी की मौत को एक साल होने को आ रहे थे। एक दिन अम्मा ने कहा कि "बड़े! बाबू जी की बरसी आ रही है लेकिन तुम उसके बारे में कोई नाम नहीं ले रहे हो!"

"अरे अम्मा ये सब पुराने जमाने की बातें हैं। अब कौन बरसी करता है?" बड़े बोला।

"तुम कैसी बातें कर रहे हो?" अम्मा ने नाराज होते हुए कहा।

"अम्मा तुम तो खामख्वाह नाराज हो रही हो। उस दिन दस-बीस लोगों को बुलाकर खिला-पिला दूँगा," बड़े बोला।

"अरे! तुम्हें क्या हो गया है? नाते-रिश्तेदार के साथ ही कम से कम गाँव के सारे लोगों को तो बुलाना ही चाहिए," अम्मा बोली।

"नहीं अम्मा, हमें कोई दिखावा नहीं करना है," यह कहते हुए वह बाहर चला गया।

अम्मा भी उसके पीछे-पीछे बाहर आ गई मगर बड़े ने अम्मा को पीछे-पीछे आते देखकर गाँव का रुख कर लिया। अम्मा उदास हो गई। फिर उन्हें छोटे का खयाल आया। उनकी नजर छोटे को तलाशने लगी। थोड़ी देर में छोटे दरवाजे की ओर दिखाई पड़ा। अम्मा ने उसे इशारे से बुलाया और बाबू जी की बरसी के बारे में सारी बातें बताईं। यद्यपि छोटे की माली हालत बहुत खराब थी फिर भी उसने कहा, "अम्मा निराश न हों, बाबूजी की बरसी ठीक ढंग से करूँगा।"

बड़े को जब पता चला कि छोटे बाबूजी की बरसी का इन्तजाम कर रहा है तो मन ही मन बहुत खुश हुआ कि चलो बला टली। खैर! छोटे ने अपना पुत्र धर्म निभाया। लेकिन इस घटना से अम्मा का मन बड़े की तरफ से पूरी तरह उचट गया। वह अब बड़े के साथ नहीं रहना चाहती थी। एक दिन वह गुस्से में उठीं और बड़े के पास पहुँच गई। वह जोर-जोर से कहने लगीं, "मुझे तुम्हारे साथ नहीं रहना है।" बड़े भी गुस्से में बोला, "तो क्या अब छोटे के साथ रहोगी।" अम्मा भी गुस्से में आ गई मगर अचानक रोने लगी और रोते हुए ही बोली, "मैं तुम दोनों में से किसी के साथ नहीं रहूँगी।" अम्मा और बड़े की बीच चल रही कहा-सुनी सुनकर छोटे

व उसकी पत्नी के साथ आस-पास के लोग भी आ गए। छोटे ने माहौल देखकर पहले चुप रहना उचित समझा लेकिन माँ के आँसू देखकर उससे नहीं रहा गया और वह बोला, "अम्मा! मैं अभी जिन्दा हूँ तुम अकेले क्यों रहोगी मेरे साथ रहोगी।"

लेकिन अम्मा पूरी तरह जिद पर अड़ी रहीं। कई लोगों ने उन्हें समझाया लेकिन वह नहीं मानीं और दोनों बेटों से अलग बरामदे की एक कोठरी में आ गईं। दो-दो बेटों व उनका भरा-पूरा परिवार होने के बाद भी वह अकेले रहने लगीं। ऐसे ही कुछ दिन बीत गए। एक दिन दोपहर बाद भी जब अम्मा की कोठरी नहीं खुली तो लोगों ने दरवाजा खोलकर अन्दर देखा तो अम्मा का शरीर शान्त पड़ा था और उनकी आत्मा अन्तिम सफर पर निकल चुकी थी शायद वहाँ जहाँ बाबूजी पहले ही पहुँचकर उनका इन्तजार कर रहे थे...।

चचिया की कचौड़ी

"अम्मा! अब ये काम बन्द कर दो," श्याम ने कहा।

"क्यों? इसमें बुराई क्या है?" वृन्दा बोली।

"अब तुम्हें इसकी जरूरत ही क्या है? मैं और भैया कमाने लगे हैं, अब तुम आराम करो," श्याम ने वृन्दा को समझाने की कोशिश की। राम और श्याम वृन्दा के दो बेटे थे। राम बड़ा और श्याम छोटा।

"चचिया! अस्सी रुपए काटिए," तभी रग्घू ने काउंटर पर आकर कहा।

रग्घू वृन्दा के रेस्टोरेंट में नौकरी करता था। वह ग्राहकों को सर्विस करता तथा उनका बिल लाकर काउंटर पर वृन्दा को देता था। वृन्दा को लोग प्यार से चचिया कहकर पुकारते थे।

"चचिया कुछ सामान आज ही मँगाने हैं, नहीं तो कल बुधवार को बाजार बन्द रहेगा," पास खड़े सन्तू ने कहा। सन्तू रेस्टोरेंट का स्टोर सँभालता था।

ग्राहकों की भीड़ और हिसाब-किताब में व्यस्तता को देखते हुए वृन्दा श्याम से बोलीं—

"ठीक है, तुम घर चलो मैं बाद में बात करूँगी।"

आस-पास के गाँव में ही नहीं, दूर-दूर तक 'चचिया की कचौड़ी' मशहूर थी। चचिया का असली नाम क्या था, अधिकांश लोगों को पता नहीं, पर वह तो इसी नाम से प्रसिद्ध थी। आज से लगभग बीस साल पहले उसके पति का सूरत में एक्सीडेंट हो गया। सूरत से तार आया वृन्दा और गाँव के एक-दो लोग सूरत गए। कई दिनों तक अस्पताल में इलाज चला, किन्तु किस्मत का लेखा, उसके

पति नहीं बचे। जैसा कि प्राय: होता है ऐसे मामलों में रिश्तेदार, नातेदार ज्यादा से ज्यादा तेरहवीं तक साथ देते हैं और परिवार के लोग भी महीने-दो महीने में ही मुख मोड़ लेते हैं। और यही, वृन्दा के साथ भी हुआ। वृन्दा ने पति के इलाज के लिए गहना-गुरिया बेच डाला, खेत रेहन रख दिया किन्तु जब कर्ज नहीं चुका पाई तो उसे खेत भी बेचना पड़ा।

वह परेशान रहने लगी। बच्चे छोटे-छोटे थे, उनकी पढ़ाई-लिखाई, खाना-पीना, कपड़ा-लत्ता आखिर इन सब का खर्च कहाँ से आए। धीरे-धीरे कुछ महीने बीत गए। दीपावली का त्योहार भी आ गया। लोग त्योहार की खुमारी में डूबे थे, मगर वृन्दा तो अब भी पति के गम में डूबी थी, वह चिन्तित भी थी कि बच्चों का क्या करे वे तो अभी अबोध थे। पास-पड़ोस के बच्चों को नए-नए कपड़ों में सज-धजकर मिट्टी के रंग-बिरंगे खिलौनों के साथ खेलते हुए देखकर उसके बच्चों का भी मन मचल रहा था, लेकिन उसके घर में त्योहार मनाने का न तो कोई उत्साह था और न ही कोई मतलब था। वैसे भी परम्पराओं में ऐसी घटना के बाद कम से कम एक साल तक कोई भी तीज-त्योहार या खुशी के कार्यक्रम नहीं होते, लेकिन बच्चों की उदासी वृन्दा से देखी नहीं जा रही थी। वह इन्हें नए कपड़े तो नहीं पहना सकती थी, नए खिलौने भी नहीं ला सकती थी, क्योंकि उसके पास अब इतनी भी सामर्थ्य नहीं बची थी किन्तु वह बच्चे के लिए सामान्य दिनों से कुछ अलग बनाकर खिला तो सकती थी। उसके घर में बहुत कुछ सामग्री नहीं थी, किन्तु उसने पूड़ी-कचौड़ी व खीर बनाने के लिए इन्तजाम किया। खाना बनाने के बाद बच्चों को बुलाया। बड़े बेटे ने पहला निवाला मुँह में लेते ही कहा, "अम्मा! क्या कचौड़ी बनी है। बस खाता ही जाऊँ।'

"पगले! खाया नहीं और अम्मा की तारीफ शुरू कर दी।"

छोटे भाई ने कहा, "भैया सच कह रहा है अम्मा।"

"हाँ!-हाँ तुम लोग अम्मा को खुश करने के लिए झूठी-मूठी तारीफ कर रहे हो।"

"नहीं अम्मा! हम सही कह रहे हैं," दोनों भाई साथ-साथ बोल पड़े।

दोनों भाई चाव से खाने लगे और अम्मा ताजी-ताजी कचौड़ी तलकर लाने लगी। थोड़ी देर में दोनों बच्चे फिर साथ-साथ बोल पड़े, "अम्मा कचौड़ी तो ऐसी है कि पेट भर गया, मगर मन नहीं भरा।"

बच्चे खाना खाकर बाहर खेलने चले गए लेकिन वृन्दा बच्चों द्वारा कही गई

बातों को सोचते-सोचते अतीत में खो गई जब शादी के बाद वह पहली बार ससुराल आई थी। उसके कुछ ही दिन बाद होली का त्योहार पड़ा। उसकी सास ने उसे रसोई की पूरी जिम्मेदारी सौंप दी। उसने पूरे मनोयोग से चुन-चुन कर व्यंजन बनाए। जब परिवार के सभी लोग खाने के लिए बैठे तो सभी ने एक स्वर से उसके द्वारा बनाए गए स्वादिष्ट खाने की तारीफ की। उसके पति ने परम्परा के लिहाज से उस समय तो कुछ नहीं कहा, लेकिन जब अकेले में मुलाकात हुई तो बार-बार एक ही बात दुहराई, 'क्या कचौड़ी बनी थी, बस खाता ही जाऊँ। पेट तो भर गया था, मगर मन नहीं भरा।' ससुराल में धीरे-धीरे समय बीतता गया, सास-ससुर की मौत हो गई। बाद में परिवार का बँटवारा भी हो गया। पति रोजी-रोटी की तलाश में सूरत चले गए, लेकिन जब भी सूरत से आते तो वृन्दा उनके लिए कचौड़ी जरूर बनाती और इसके पति मन से खाते और खाते समय हमेशा यही बात दुहराते, 'क्या कचौड़ी बनी है बस खाता ही जाऊँ।'

वक्त बीतने के साथ ही उनकी गृहस्थी की गाड़ी पटरी पर आ गई। वे पारिवारिक बँटवारे से उत्पन्न हुई परेशानियों से उबर गए, किन्तु पति की मृत्यु के बाद जिन्दगी की रफ्तार फिर से थम गई।

शाम हो गई। सारा गाँव रोशनी में नहा गया, लेकिन उसका घर अँधेरे में डूबा था। जब घर को रोशन करने वाला ही नहीं रहा तो फिर कैसी दीपावाली? कैसा त्योहार? उसने तो बच्चों का मन रखने के लिए थोड़ा अलग खाना बना दिया था। उसके इर्द-गिर्द तो बार-बार वही पुरानी बातें घूमती रहीं।

दीपावली बीत गई। कुछ दिन और बीते। परिवार की गाड़ी पूरी तरह डगमगा गई थी। बच्चों का स्कूल, खाना खर्च सब भारी पड़ने लगा। अब न कोई पूँजी बची थी और न ही खेती-पाती। अब तो उसे कोई रास्ता नहीं नजर आ रहा था। वह दुखी तो पहले से ही थी अब और भी दुखी रहने लगी। वह यही सोचती कि भगवान कौन-कौन सी परीक्षा ले रहा है। एक दिन बैठे-बैठे वह अतीत की यादों में तैर रही थी तभी दीपावली के दिन कचौड़ी के बारे में कही गई बच्चों की बातें उसके दिमाग में घूमने लगी। अतीत में पति द्वारा की गई कचौड़ी की तारीफ की बात भी हूबहू उसके दिमाग में गूँजने लगी। फिर उसने अचानक फैसला किया कि वह गाँव में सड़क पर कचौड़ी की दुकान खोलेगी। सड़क पर उसकी जमीन का एक बहुत छोटा-सा टुकड़ा बच गया था जो खेती-पाती लायक नहीं था। उसने इधर-उधर से इन्तजाम कर वहाँ एक छप्पर रखवाया, फिर वहाँ मिट्टी के चूल्हे बनवाए। परिवार

व आस-पड़ोस के लोग जो उससे कोई खास ताल्लुकात इसलिए नहीं रखते थे कि कहीं वृन्दा उनसे कोई मदद न माँग ले, वे आज उसके हितैषी बनकर सलाह देने आ गए कि यह काम ठीक नहीं है। हमारे खानदान में इस तरह का काम कभी नहीं हुआ है इसलिए यह काम नहीं करना चाहिए। इससे इज्जत मिट्टी में मिल जाएगी। एक औरत होकर यह काम कत्तई अच्छा नहीं है। यह काम हमारी वंश परम्परा के भी खिलाफ है। लेकिन उसने किसी की भी बात नहीं मानी। वृन्दा का सभी के लिए एक ही जवाब था, 'जब मेरे दुख-दर्द में कोई मदद नहीं कर रहा है तो मुझे तो बच्चों की परवरिश के लिए, उनकी पढ़ाई-लिखाई के लिए कुछ काम तो करना ही पड़ेगा। वैसे भी मैं कोई ऐसा काम तो कर नहीं रही हूँ जो असामाजिक हो, अनैतिक हो।' वह सारी ऊँच-नीच सोचकर अपने फैसले के मुताबिक अगले दिन सड़क पर बनी झोपड़ी में पहुँच गई। उसने पूजा करने के बाद चूल्हा जलाया। इसके बाद कचौड़ियाँ बनाई और उन्हें बेचने के लिए सजा दिया, लेकिन सारा दिन बीत गया, एक भी कचौड़ी नहीं बिकी। यहाँ तक कि कोई झाँकने भी नहीं आया। सारा दिन केवल वृन्दा और बिसरत दुकान पर बैठे रहे, इसके अलावा कोई तीसरा नहीं आया। बिसरत ही गाँव के इकलौते आदमी थे जो वृन्दा के इस काम में हाथ बँटाने के लिए तैयार हुए थे। वृन्दा के पति व विसरत के पिता हम उमर थे। साथ ही पले-बढ़े और लगभग साथ ही इस दुनिया से चले गए।

शाम हो गई। धीरे-धीरे अँधेरा बढ़ने लगा। वृन्दा और बिसरत ने सारा सामान लपेटा और घर आ गए। चचिया ने बच्चों को खिला-पिलाकर सुला दिया, लेकिन उसे नींद नहीं आ रही थी। वह बार-बार यही सोच रही थी कि कहीं उसका निर्णय गलत तो नहीं है। उसने सारी बातों पर फिर से विचार कर यह मान लिया कि उसने जो किया है वह सही है, यह उसकी जरूरत भी है। यह काम उसके हिसाब से एकदम सही भी है।

धीरे-धीरे काफी रात हो गई, अचानक गाँव की सड़क की ओर से जोर-जोर आवाजें सुनाई पड़ीं। कुछ लोग गुहार लगा रहे थे—आग लगी है, आग लगी है। वृन्दा भी घर से बाहर आई और उस ओर देखा कि सड़क की तरफ से आग की ऊँची-ऊँची लपटें उठ रही थीं। यद्यपि यह साफ-साफ पता नहीं चल रहा था कि आग किस जगह लगी है, लेकिन वृन्दा का दिल यह सोचकर धक-धक करने लगा कि कहीं उसकी झोपड़ी तो नहीं जल रही है। तभी हाँफता-हाँफता बिसरत आया और जोर-जोर से रोने लगा।

"क्या हुआ बिसरत?" वृन्दा ने कहा।

बिसरत रुआँसा हो रहा था, उसकी आवाज भर्राई हुई थी। फिर थोड़ी देर में बोला, "चचिया अपनी झोपड़ी जल गई।" वृन्दा भी रोने लगी। दोनों तेजी से झोपड़ी की ओर भागे, मगर वहाँ सब जलकर राख हो चुका था। गाँव के कुछ लोग पहले से ही इकट्ठा थे। कोई कह रहा था कि लगता है चूल्हे की आग बुझी नहीं थी और उसी से आग लग गई। कोई कह रहा था कि किसी की बदमाशी है और जान-बूझकर आग लगाई गई है। वृन्दा को देखकर लोगों की आवाज धीमी हो गई, लोग खुसुर-पुसुर करने लगे। कुछ लोगों ने सहानुभूति जताने का प्रयास किया, किन्तु वृन्दा कुछ न बोली, थोड़ी देर बाद बिसरत के साथ घर लौटने लगी तो उसने सुना, लोग कह रहे थे—

"चली थी होटल चलाने, और चला लो होटल।" लेकिन वृन्दा उनका जवाब देने के लिए वापस नहीं मुड़ी और घर की ओर बढ़ती चली गई। घर में बच्चे भी अकेले थे और इन लोगों की बातों पर किसी प्रकार की प्रतिक्रिया से कोई फायदा तो होने वाला नहीं था।

वह घर आ गई, मगर बाकी रात नींद नहीं आई, वह सोचती रही कि क्या जीवन में सारी मुसीबतें मेरे ही हिस्से में आई हैं? हर कदम पर मेरी ही परीक्षा क्यों ली जा रही है? लेकिन मैं हिम्मत नहीं हारूँगी, परीक्षा दूँगी, बार-बार दूँगी, पूरे जोर-शोर व लगन से दूँगी।

सुबह होते ही बिसरत दरवाजे पर खड़ा था। वृन्दा बाहर निकली, उसने कहा "चचिया अब क्या करना है?"

"वही करना है जो कल किया था।" वृन्दा ने कहा।

"लेकिन दुबारा छप्पर बनाने में तो समय लगेगा।"

"छप्पर की कोई जरूरत नहीं, पेड़ के नीचे बैठेंगे। थोड़ा बहुत छाया कर लेंगे। शाम को आते समय सब लेते आएँगे।"

"ठीक है चचिया," बिसरत ने कहा।

वृन्दा ने बच्चों को स्कूल भेजा। सारा सामान उसने और बिसरत ने उठाया, फिर कल की तरह आज भी कचौड़ियाँ बनाकर सजा दीं। दोपहर बीत गई, आज भी किसी ने इधर कोई रुख नहीं किया, लेकिन थोड़ी देर में स्कूल के चार-पाँच बच्चे खरीदार बनकर आ गए। उन्होंने वृन्दा से कचौड़ी खरीदी और वहीं खाने लगे। एक लड़का बोला, "क्या कचौड़ी बनी है।"

"सच्ची यार," अब तो घर से टिफिन नहीं लाऊँगा," दूसरा बच्चा बोला।

"मैं भी..." बाकी बच्चे बोल उठे।

धीरे-धीरे शाम हो गई। वृन्दा की उदासी कुछ कम हुई। उसे कुछ भरोसा जगा कि धीरे-धीरे सब ठीक हो जाएगा। आज विसरत भी कुछ खुश था, उसे भी अच्छे कल की उम्मीद जग गई। दिन बीतते गए, वृन्दा की कचौड़ी के खाने वालों की संख्या बढ़ती गई। पास के स्कूल-कॉलेज के बच्चे, अध्यापक और स्टॉफ, बगल के स्टेशन से आने-जाने वाले यात्री सब वृन्दा की कचौड़ी के दीवाने हो गए। धीरे-धीरे पास-पड़ोस का विरोध खत्म हो गया। अब बिसरत के अलावा गाँव के ही छह-सात लोग इससे जुड़ गए। वृन्दा ज्यादा पढ़ी-लिखी तो नहीं थी, पर हिसाब-किताब अच्छी तरीके से कर लेती थी। इन सबसे बड़ी बात यह थी कि वह एक अच्छे स्वभाव की होने के साथ ही अपने साथ काम करने वाले सभी लोगों के लिए माँ और बड़ी बहन जैसी थी। इसीलिए सभी उसके साथ मनोयोग से जुड़े रहते थे। धीरे-धीरे आमदनी बढ़ी तो उसने एक पक्का कमरा बनवा लिया, ग्राहकों के बैठने के लिए कुर्सी-मेज का इन्तजाम कर लिया। कुछ समय बाद उसने इसे रेस्टोरेंट का रूप दे दिया। वृन्दा ने अपनी कचौड़ी की खासियत बिसरत को सिखा दी। अब बिसरत मुख्य रसोइया बन गया। वृन्दा काउंटर पर मैनेजर की तरह बैठने लगी। वृन्दा की दुकान के बढ़ने के साथ ही उसके बच्चे भी बड़े हो रहे थे। वृन्दा ने कुछ साल बाद उनका दाखिला इलाहाबाद के अच्छे स्कूल में करवा दिया, वहाँ वे दोनों हॉस्टल में रहते थे। बच्चों ने भी माँ की कुर्बानी को जाया नहीं होने दिया। दोनों पढ़ने में अव्वल रहे। एक ने इंजीनियरिंग किया, दूसरा डॉक्टर बन गया। दोनों की नौकरी लग गई। होली की छुट्टी में दोनों घर आए हुए हैं। छोटा बेटा श्याम जो डॉक्टर है, वही वृन्दा से जिद कर रहा है कि वह अब यह काम बन्द कर दे, लेकिन वृन्दा के लिए अब यह धन्धा-व्यवसाय नहीं रह गया, बल्कि उसके साथ जुड़े लोगों के रोजगार व उनके परिवार को चलाने का एक बड़ा जरिया बन गया था।

थोड़ी ही देर में अतीत की सारी बातें तेजी से उसके जेहन में गुजर गईं। तभी उसका ध्यान छोटे बेटे की आवाज से भंग हुआ, "अम्मा, क्या कचौड़ी बनी है।"

"भैया और लाऊँ क्या?" बिसरत ने कहा।"

"नहीं बिसरत भैया," श्याम ने कहा।

"लेकिन तुम तो कह रहे हो मैं यह काम बन्द कर दूँ," वृन्दा ने श्याम से कहा।

"नहीं अम्मा, मैं अपनी बात वापस ले रहा हूँ, तुम्हारी कचौड़ी मुझे ही नहीं,

बहुत सारे लोगों को अच्छी लगती हैं। कोई काम छोटा-बड़ा नहीं होता है। अम्मा तुम्हें अब मैं दुबारा इसे बन्द करने के लिए कभी नहीं कहूँगा। मुझे अच्छा लगता है, जब सब कहते हैं कि क्या कचौड़ी बनी है।" श्याम ने कहा।

"अरे भाई कचौड़ी चचिया की जो है," सभी एक स्वर से बोल उठे।

काकी

"काकी मुझे बचा लो, नहीं तो ये सब मार डालेंगे," गोरख ने कातर स्वर में बरामदे में खड़ी काकी से मदद की गुहार की। काकी गोरख की असह्य पीड़ा को महसूस तो कर रही थीं, मगर डर के मारे कुछ बोल नहीं पा रही थीं।

घर के चबूतरे पर उसके काका और उनके तीनों लड़के लात-घूँसे से मार-पीट रहे थे। गोरख लहू-लुहान हो गए थे फिर भी इन सबकी क्रूरता में कोई कमी नहीं आ रही थी।

गोरख की बार-बार चीख-पुकार सुनकर काकी के अन्दर की ममता उन्हें रोक न पाई और वे डर त्याग कर चिल्लाते हुए दौड़ीं—"छोड़ दो, गोरख को छोड़ दो।"

काका गोरख की पिटाई छोड़कर काकी की ओर बढ़े और काकी को धक्का देकर जमीन पर गिरा दिया, जबकि तीनों बेटे गोरख की पिटाई में ही लगे रहे। काकी ने उठने का प्रयास किया पर काका ने उन्हें एक लात मारी और काकी फिर गिर पड़ीं। थोड़ी ही देर में काकी हिम्मत जुटाकर फिर से उठीं और जोर-जोर से चिल्लाने लगीं। तभी गाँव के और लोग भी आ गए। भीड़-भाड़ देखकर काका और उनके बेटे गोरख को चबूतरे पर ही लहू-लुहान छोड़कर अपने दरवाजे पर चले गए। शोर सुनकर गोरख की पत्नी भी आ गई। वह थोड़ी देर पहले ही खेत की ओर गई थीं। इसी बीच गोरख व उसके काका के मँझले बेटे से कहा-सुनी हुई जो गाली-गलौज में तब्दील हो गई। थोड़ी ही देर में काका व उनके बाकी दो बेटे भी वहाँ आ गए और गोरख को अकेला पाकर उसकी पिटाई करने लगे थे। गोरख की यह दशा देखकर उसकी पत्नी आग-बबूला हो गई। वह काका और उनके बेटों को

जोर-जोर से गालियाँ देने लगी, लेकिन गोरख अपनी असहनीय पीड़ा को भुलाकर पत्नी को शान्त कराने लगे। उन्हें लगा कि उनकी पत्नी की प्रतिक्रिया अमर्यादित है। काका बड़े हैं, मान्य हैं और उनके लड़के हमारे भाई ही तो हैं। इस हालत में भी वे अपनी पत्नी को जबरदस्ती पकड़कर लड़खड़ाते हुए अपने घर की ओर चलने लगे। मगर उनकी पत्नी मुड़-मुड़कर उन लोगों को गाली देने लगती, पर गोरख उसे खींच-खाँच कर अपने दरवाजे तक ले गए और ओसारे में पहुँचते-पहुँचते गिर पड़े।

गोरख की दशा ठीक नहीं लग रही थी। उनकी पत्नी के अलावा उनके घर में कोई बड़ा सदस्य नहीं था, तीन बच्चे थे जो बहुत छोटे-छोटे थे। उस समय वे सभी गाँव के बच्चों के साथ खेलने गए थे। हल्ला-गुल्ला सुनकर और बच्चों के साथ वे भी आ गए। गोरख की दशा देखकर वे सभी रोने लगे। गाँव के लोग धीरे-धीरे गोरख के दरवाजे पर इकट्ठा हो गए। कुछ लोग गोरख को अस्पताल ले चलने के लिए कहने लगे। तभी गोरख की कुछ चेतना लौटी और वे बोल पड़े, "मैं ठीक हूँ, मुझे अस्पताल नहीं जाना।" गोरख को लगा कि मामला मारपीट का है और डॉक्टर बिना पुलिस रिपोर्ट के इलाज नहीं करेंगे। गोरख अपने काका व चचेरे भाइयों के विरुद्ध कोई कार्रवाई नहीं चाहते थे। इसलिए उन्होंने अस्पताल जाने से मना कर दिया। रात बढ़ने लगी। धीरे-धीरे गाँव के लोग अपने-अपने घर चले गए। बच्चे भी रोते-रोते बिना खाए-पिए सो गए।

रात में गोरख की पत्नी हल्दी और प्याज का गर्म लेप बनाकर लाई और गोरख के शरीर की चोटों पर लगाने लगी। गोरख को दर्द तो हो ही रहा था मगर जहाँ-जहाँ गरम लेप लगता वे जोर से कराह उठते। उनकी पत्नी लेप लागती जा रही थी और रोती भी जा रही थी। साथ ही काका, काकी और उनके बच्चों को कोसती भी जा रही थी।

"मत लगाओ, जान निकल जाएगी,' गोरख जोर से चीखकर बोले।

"यहाँ ज्यादा कटा हुआ है इसलिए छरछरा रहा है," पत्नी बोली।

"तो मत लगाओ न।"

"बचा-बचाकर तो लगा रही हूँ, ढिबरी की रोशनी में सही दिखाई नहीं पड़ रहा है।"

"चलो कुछ दिनों में बिजली भी आ जाएगी।"

"बिजली का तो पता नहीं लेकिन तुम्हारे काका-काकी तो मेरी जिन्दगी में अँधेरा लाने पर तुले हुए हैं। भगवान करें इनका निरवंश हो जाए। इनको शरम भी

नहीं आई। अकेले आदमी को चार-चार राक्षस मिलकर मार रहे थे।"

"क्यों अपनी जुबान खराब कर रही हो।"

"मैं जुबान खराब कर रही हूँ। सही बात कहना जुबान खराब करना है।"

"काका-काकी के बहुत अहसान हैं मेरे ऊपर।"

"तो क्या जान से मार डालेंगे?"

"अरे कभी-कभी हो जाता है।"

"हाँ! किसी की जान चली जाए और किसी के लिए..."

पत्नी का वाक्य पूरा होने से पहले ही गोरख गुस्सा कर बोल उठे, "अब रहने दो लेप-फेप, कब से उलटा-सीधा बक-बक करती जा रही हो। मैं काका-काकी के खिलाफ कुछ भी नहीं सुन सकता।"

"सुनोगे क्यों? काकी ने तो लड़कपन में ही तुम्हें अपनी भक्ति की घुट्टी पिला दी थी।"

गोरख ने पत्नी की इस बात पर कोई प्रतिक्रिया नहीं व्यक्त की। लेप लगाने का काम पूरा हो गया था। पत्नी आँगन में चली गई। गोरख बचपन की यादों में खो गया। वह आठ-नौ बरस का था, जब उसकी माँ मर गई, लगभग तीन महीने बाद पिता जी भी चल बसे। उससे बड़ी एक बहन थी, उसकी शादी हो चुकी थी और अपने ससुराल चली गई थी। अब वह अकेला हो गया था। उसे दुनिया की चीजों का कोई ज्ञान नहीं था, यहाँ तक कि उसे अपने नैत्यिक क्रिया-कलापों के लिए भी माता-पिता जैसे संरक्षक व सहारे की जरूरत थी। ऐसे समय में काकी ने माँ की तरह सहारा दिया। काका ने भी उसकी देखभाल की किन्तु काकी की बात और ही थी। उन्होंने उसे माँ की कमी खलने नहीं दी। उस समय काकी के पास एक बेटा था जो गोरख से लगभग छह साल छोटा था लेकिन काकी अपने बेटे से भी ज्यादा गोरख का खयाल रखती थीं। उनकी देखभाल से ही गोरख का बचपन फिर खुशियों से भर उठा। गाँव के सारे लोग काकी की तारीफ करते और कहते हैं कि कोई अपने सगे बेटे के लिए भी इतना नहीं करता, जितना वह अपने जेठ के लड़के के लिए करती हैं। गोरख के मन-मस्तिष्क पर बचपन की घटनाएँ सिनेमा के रील की तरह चल रही थीं तभी उसकी पत्नी बोली, "चलिए कुछ खा लीजिए।"

"भूख नहीं है।"

"क्यों?"

"वैसे ही।"

"काका और उनकी औलादों के लात-घूँसों से पेट भर गया क्या?"

"तुम नहीं सुधरोगी।"

"जिस दिन सुधर जाऊँगी उस दिन आपको ये जिन्दा गाड़ देंगे।"

"गाड़ने दो।"

"तो फिर ठीक है मैं उन लोगों से कह देती हूँ कि ले जाओ अपने प्राण प्यारे को और कूट-कूट कर निपटा दो," इतना कहते-कहते वह जोर-जोर से रोने लगी।

गोरख को लगा कि उसने काका-काकी की ज्यादा तरफदारी कर दी। यह सही है कि काका-काकी ने उसे सहारा दिया लेकिन आज की घटना ऐसी थी कि उसकी पत्नी की मन:स्थिति अतीत के उन अहसानों के बदले में उन लोगों को माफ कर देने की नहीं थी।

"मैं सच कह रहा हूँ मुझे भूख नहीं है," गोरख ने सफाई देते हुए कहा लेकिन पत्नी कुछ भी नहीं बोली। गोरख फिर कातर स्वर से बोला, "मुझे माफ कर दो। मेरा आशय तुम्हें दुख पहुँचाने का कत्तई नहीं था। मुझे सच में भूख नहीं है।"

"ठीक है कोई बात नहीं, मैं दूध में हल्दी-गुड़ मिलाकर लाती हूँ।"

"हाँ! ठीक है।" पत्नी अन्दर रसोई में दूध लाने चली गई। गोरख का पूरा शरीर टूट रहा था और उसे काफी दर्द हो रहा था। अन्दरूनी चोट में जैसे-जैसे समय बीतता है और शरीर शिथिल होने लगता है वैसे-वैसे दर्द बढ़ता जाता है। हल्दी के लेप से दर्द में थोड़ी राहत लगने लगी। धीरे-धीरे उसकी आँखों में नींद भरने लगी। थोड़ी ही देर में वह खर्राटा भरने लगा।

इधर काकी की दशा भी ठीक नहीं थी। काका के धक्का देने से उसे भी चोट आ गई थी लेकिन उसने किसी से कुछ भो नहीं कहा। उसका मन तो गोरख के ऊपर लगा था। गोरख की पिटाई के दृश्य से वह अब भी बेचैन थीं। उसने भी कुछ नहीं खाया-पिया। वह तो गोरख के पास पहुँचकर उसे माँ की ममता का मरहम लगाने के लिए व्याकुल थी। धीरे-धीरे रात हो गई। काका कोठरी में तो बेटे-बहू, नाती-पोते सभी यथास्थान सोने चले गए। काकी आँगन के ओसारे में चारपाई पर सोती थीं। रोज की तरह वह चारपाई पर लेटी तो थी किन्तु उसकी आँखों से नींद गायब थी। थोड़ी रात होने पर जब उसे लगा कि सभी सो गए होंगे तब वह धीरे से उठी और बखरी के मुख्य दरवाजे की साँकल हटाकर धीरे से दरवाजा खोल दिया। उसके बाद दरवाजे को धीरे से लुढ़काकर दबे पाँव गोरख के घर की ओर बढ़ी, मगर तभी कुत्ते जोर-जोर से भौंकने लगे। लगता है, काका की नींद कच्ची थी, वे

अपने बिस्तर से उठे और कोठरी की खिड़की से देखा कि दरवाजे से कोई व्यक्ति रास्ते की ओर जा रहा है। वे बोल उठे, "कौन है?" किन्तु जब उनकी इस बात पर कोई प्रतिक्रिया नहीं हुई तो वे कोठरी का दरवाजा खोलकर बाहर आ गए। काकी को लगा कि अब तो वह पकड़ी गई। उसकी साँसें तेज हो गईं। काका नज़दीक आ गए और उन्हें यह लगा कि यह कोई महिला है।

"कौन है? बोलती क्यों नहीं?" काका यह कहते हुए काकी के पास तक पहुँच गए।

"इतना चिल्ला क्यों रहे हैं?" काकी बोली।

"अच्छा तो तुम हो। गोरख की याद आ रही है?" काका ने व्यंग्य करते हुए कहा।

"ऐसा कुछ नहीं है," काकी ने सँभलते हुए कहा। हालाँकि काकी अपना दिमाग तेजी से चला रही थीं कि वह घर से बाहर आने का कोई सटीक जवाब दे पाएँ, मगर उन्हें कुछ भी समझ में नहीं आ रहा था। फिर अचानक उन्होंने कुत्तों के भौंकने का बहाना सही समझा। "बाहर कुत्ते जोर-जोर से भौंक रहे थे इसलिए बाहर आ गई कि क्या बात है?"

"कुत्तों के भौंकने के कारण बाहर आई हो या फिर तुम्हारे बाहर आने से कुत्ते भौंकने लगे," काका ने थोड़ा गुस्से में कहा।

"जो भी समझ लो," फिर काकी मुड़कर घर के अन्दर चली गईं। काका सारी बात समझ गए थे इसलिए उन्होंने मुख्य दरवाजे को ही बाहर से बन्द कर दिया और कोठरी में सोने चले गए।

काकी अपने बिस्तर पर चली गईं लेकिन उन्हें नींद कहाँ आ रही थी। उनकी धड़कन बढ़ गई थी। फिर नई-पुरानी यादों में डूबते-उतराते वे फफक-फफक कर रोने लगीं। हालाँकि वे खुलकर रो भी नहीं पा रही थीं कि कम से कम गोरख के प्रति उनके हृदय में उमड़ रही ममता और मन के अन्दर की घनीभूत पीड़ा द्रवीभूत होकर आँसुओं के रूप में छलक जाती और उन्हें थोड़ा-सा सकून मिल जाता। वह गोरख के शरीर पर लगी चोटों पर अपने स्नेह के मलहम लगाकर उसकी पीड़ा को कम करना चाह रही थी, उसे मिटाना चाह रही थी। उसके मिलने से गोरख की पीड़ा कम होती या नहीं, लेकिन उसको लग रहा था कि उसके मिलने से गोरख के मन में उसके प्रति मातृत्व का स्थायी भाव पूर्ववत रहेगा। फिर उसे खयाल आया कि आँगन के बगल नाबदान का दरवाजा है जिससे बाहर जाया जा सकता है। हालाँकि

वह दरवाजा माह-दो माह में एकाध बार ही सफाई के लिए खुलता था और उसके लिए भी बड़ी मशक्कत करनी पड़ती है। उस दरवाजे के बाहर तो कितना झाड़-झंखाड़ भी हैं जिसमें साँप, बिच्छू, गोजर भी घूमते रहते हैं। गिरगिटान, बिस्तुइया तथा छोटे-मोटे कीड़ों-मकोड़ों की संख्या तो अनगिनत होगी लेकिन पुत्र के प्रति माँ के प्रेम के आगे ये सारे अवरोध कोई मायने नहीं रखते थे। वह भावातिरेक में उठी और दबे पाँव नाबदान के दरवाजे पर पहुँच गईं। अँधेरे में उसने दरवाजे की साँकल टटोली और खोलने का प्रयास किया। खैर! थोड़े प्रयास के बाद साँकल तो खुल गई लेकिन दरवाजा कई बार की कोशिश के बाद भी नहीं खुला। इसी कोशिश में उसका पैर भी फिसल गया और नाबदान में चला गया फिर भी उसने हिम्मत नहीं हारी। काकी तो गोरख की असह्य पीड़ा को याद कर उसके पास तुरन्त पहुँच जाना चाह रही थी। उसने अपनी सारी ताकत झोंक दी और अचानक नाबदान का वह दरवाजा चौखट सहित मिट्टी की दीवाल से बाहर निकल आया मगर काकी भी दरवाजे के वजन व झटके के कारण खुद को नहीं सँभाल पाईं और नाबदान में गिर गईं। नीचे काकी, उनके ऊपर चौखट सहित दरवाजा। दरवाजे के गिरने की जोरदार आवाज के साथ ही काकी की तेज चीख से घर के सभी लोग उठ गए। लोगों की समझ में नहीं आ रहा था कि इतनी जोर की आवाज कहाँ से आई। सभी लोग आँगन में आ गए। लालटेन की रोशनी तेज की गई, तभी छोटी बहू चिल्लाई, लगता है अम्मा नाबदान में गिर गई हैं। छोटी बहू नाबदान की ओर बढ़ी, उसने देखा कि नाबदान में दरवाजे के नीचे अम्मा दबी पड़ी थीं। वे चिल्लाई तब तक और बहुएँ व बेटे भी आ गए। इन लोगों ने मिलकर दरवाजा हटाया और अम्मा को आँगन में ले आए। काकी को असह्य पीड़ा हो रही थी पहले काका के धकेलने से फिर दरवाजे से दब जाने से, मगर वह इसे जाहिर नहीं कर रही थी। उन्हें तो यह डर सता रहा था कि वे इस बात का क्या जवाब देंगी कि जिस दरवाजे को खोलने में लोगों के छक्के छूट जाते थे, भला वह खुद-ब-खुद कैसे गिर गया? थोड़ी ही देर में काका भी अन्दर आ गए। वे सारा माजरा समझ गए लेकिन कुछ नहीं बोले, केवल इतना कहा कि "नाबदान में गिरी है, इसे नहला दो और कपड़े बदल दो।" बहुएँ इस काम में लग गईं। दरवाजे के गिरने की आवाज इतनी जोरदार थी कि कुछ ही देर में गाँव के कई लोग काका के दरवाजे पर आ गए। उस समय तक गोरख की पत्नी भी जाग रही थी। उसे नींद नहीं आ रही थी। वह अपने पति के निर्दोष होने के सम्बन्ध में अडिग विश्वास रखती थी और एक निर्दोष व्यक्ति को अपने ही खून-खानदान के लोगों

ने इतनी बेरहमी से पीटा, यह सोच-सोचकर उसे गुस्सा भी था और तकलीफ भी थी। कम से कम काका व उनके परिवार के साथ गोरख कभी भी गलत व्यवहार नहीं कर सकते थे फिर आखिर काका व उनके बेटों ने इन्हें इतना क्यों पीटा? माँ की तरह होने का दावा करने वाली काकी भी चुपचाप तमाशा देख रही थी। उसने दरवाजा खोला और बाहर आ गई और बरामदे में टँगी लालटेन की रोशनी बढ़ा दी। काका के दरवाजे पर लोगों की भीड़ व उनके शोर-गुल से वह यह जानने के लिए उत्सुक हो रही थी कि आखिर काका के यहाँ हुआ क्या है? दरवाजा खुलने की आवाज से गोरख की भी नींद टूट गई। उसका दर्द उसे बेचैन कर रहा था, पर उसने देखा कि दरवाजा खुला है तो वह उठने की कोशिश करने लगा लेकिन उठ नहीं सका बहुत प्रयास के बाद वह किसी तरह दीवाल के सहारे उठ पाया और बाहर आकर बरामदे में बैठ गया। उसे उससे आगे जाने की हिम्मत नहीं हो पा रही थी। उसने अपनी पत्नी को आवाज दी, "क्या बात है?"

"पता नहीं, लोग काकी की बात कर रहे हैं।"

"क्या हुआ काकी को?"

"ज्यादा ककियाइए नहीं, अभी दो घंटे भी नहीं बीते काका-काकी करने लगे।"

"फिर तुम्हारी बकवास शुरू हो गई, क्या झगड़ा होने से खून के रिश्ते खतम हो जाएँगे?"

"नहीं खून के रिश्ते तो खून हो जाने के बाद भी चलते रहेंगे।"

पति-पत्नी की नोंक-झोंक चल ही रही थी इसी बीच गाँव के दो-चार लोग जो गोरख के भी शुभचिन्तक थे, उसके दरवाजे पर आ गए। गोरख ने उन्हें बरामदे में ही बुला लिया। वह यह जानना चाहता था कि काकी को क्या हुआ है? उन सबसे बातचीत के बाद पता चला कि काकी के ऊपर नाबदान का दरवाजा गिर पड़ा और उन्हें काफी चोट आई है। मगर गोरख यह नहीं समझ पा रहा था कि यह दरवाजा अचानक गिरा कैसे? वैसे भी दरवाजे के गिरने का राज दो ही लोग जानते थे एक काकी और दूसरे काका। उधर इस घटना से काका को भी आत्मग्लानि हुई कि शायद उन्होंने थोड़ा धैर्य से काम लिया होता तो बात इतनी बिगड़ती नहीं। जिस काकी में उन्हें दोष ही दोष नजर आ रहा था, अचानक उनकी नजरों में वह महान हो गई। एक माँ की ममता ने काका के झूठे अहम को तार-तार कर दिया। उन्हें अपने कृत्य पर पश्चाताप तो हो ही रहा था, उससे भी बड़ा पछतावा काकी को गोरख से न मिलने देने का था। नाबदान की घटना तो और भी दुखदायी थी जिसके लिए

काका को अपराधबोध हो रहा था। दरवाजे पर लोगों के बीच से काका अचानक उठे और आँगन की ओर यह कहते हुए बढ़े, "सुनो जी! जाओ जरा गोरख को देख आओ।" सभी अवाक् थे कि काका यह क्या कह रहे हैं। काकी को यह बात तो बहुत आत्मीय लगी किन्तु बोली, "मैं क्यों देख आऊँ?"

"मैं भी साथ चलता हूँ।"

"नहीं, मुझे नहीं जाना।"

"क्यों?"

"वह मेरे पति और बच्चों से लड़ाई करे और मैं उससे रिश्ता-नाता रखूँ?"

"नहीं ऐसी बात नहीं है। गलती हमारी थी, गोरख की नहीं।"

"तो आप लोग जाइए।"

"नहीं, बिना तुम्हारे गोरख हमें माफ नहीं करेगा।"

पहले तो काकी बड़ी सँभलकर बात कर रही थीं, लेकिन फिर ममता में भावुक हो गईं, "मेरा गोरख ऐसा नहीं है।"

"तो हम सभी चलते हैं।"

"सबेरे चलेंगे," काकी ने कहा।

"नहीं, अभी चलेंगे," सभी एक साथ बोल पड़े।

फिर सभी बाहर आ गए और गोरख के घर की ओर बढ़े। गोरख ने बरामदे से ही देखा कि काकी-काका और सभी चचेरे भाई उसके घर की ओर चले आ रहे हैं। गोरख को लगा कि उसकी पत्नी अभी कुछ उलटा-सीधा बोलेगी। इसलिए उसने पत्नी को बुलाकर कुछ समझाना चाहा तब तक ये लोग गोरख के पास आ गए। काकी गोरख से लिपट-लिपट कर रोने लगीं, गोरख भी रोने लगे। थोड़ी देर खड़े रहने के बाद काका ने गोरख से कहा, "बेटा हमें माफ कर दो," यह सुनकर गोरख काका के पैरों पर गिर पड़े। लगभग सारा गाँव गोरख के दरवाजे पर आ चुका था और यह कारुणिक दृश्य देख रहा था।

काका फिर बोले, "बेटा ये तुम्हारी काकी जिसे तुम माँ की तरह मानते हो, जानते हो, केवल तुम्हारे लिए बेचैन थी और उसी के कारण इसका ये हाल हुआ है।" काका ने सभी के सामने नाबदान की सारी घटना खोलकर रख दी। इसके बाद तो दोनों परिवारों के साथ ही सारे गाँव के लोगों की आँखों में आँसू आ गए। सभी काकी की ममता के समक्ष नतमस्तक होकर काकी का गुणगान करने लगे। अभी तक चुप रही काकी गोरख से बोली, "बेटा! ठीक तो हो..."

"अब तू आ गई है काकी, मैं ठीक हो जाऊँगा," गोरख ने कहा।

"हाँ बेटा..." काकी ने आगे भी कुछ कहा, मगर उसकी भर्राई आवाजों के कारण कुछ सुनाई नहीं पड़ा। धीरे-धीरे सभी काकी की ममता की चर्चा करते-करते अपने-अपने घरों को चले गए।

मयभा महतारी

घर के भीतर से अचानक जोर-जोर से रोने-चीखने की आवाज आने लगीं। दरवाजे पर गाँव के कई व्यक्तियों के साथ चर्चा में मशगूल शिव का ध्यान भंग हो गया और वे घर के अन्दर भागे। "क्या हुआ दइया काकी?" शिव बोले।

"भैया बहुरिया बेहोश हो गई, उसकी आँखें पलट गई हैं..." दइया रोते-रोते बोली।

शिव ने घर के अन्दर से ही बाहर बैठे सुरेश को पुकारते हुए कहा, "जल्दी से रमई की जीप बुलाओ।" सुरेश जीप के लिए रमई के घर भागे। तब तक पास-पड़ोस के और भी लोग आ गए। शिव फिर अन्दर के कमरे में घुस गए जहाँ उनकी पत्नी प्रसव के लिए चारपाई पर लेटी थी। उन्हें देखते ही अन्य महिलाएँ और भी चीखने-चिल्लाने लगीं।

"भैया बहुरिया की जान बचा लो," बड़की माई बोली।

"माई! जल्दी से बाहर निकलवाओ," शिव बोले।

कमरे के अन्दर से कुछ औरतें चारपाई सहित बहुरिया को ओसारे में निकाल लाईं। बहुरिया का चेहरा देखकर शिव के होश उड़ गए। बहुरिया की आँखें खुली थीं, गरदन एक ओर लुढ़क गई थी। शिव ने समझ लिया कि इसके प्राण पखेरु उड़ चुके हैं। उसने स्वयं को बहुत नियंत्रित करने का प्रयास किया किन्तु अन्ततः अपने आपको रोक नहीं पाया और फफक-फफक कर रोने लगा। पूरे गाँव में यह खबर आग की तरह फैल गई। बूढ़े, बच्चे, जवान, स्त्री-पुरुष सभी शिव के घर पर पहुँचने लगे। जिन्हें पूरा घटनाक्रम नहीं मालूम था, वे एक-दूसरे से इसके बारे में

पूछ-ताछ कर रहे थे। अभी आधे घण्टा पहले तक तो सब ठीक था। बहुरिया के माँ बनने की खबर से पूरा घर खुश था। दइया काकी तो पहले ही कह चुकी थीं कि वह बड़ा नेग लेंगी। लेकिन अचानक यह क्या हुआ, कुछ भी समझ में नहीं आ रहा था।

बहुरिया का शव दरवाजे पर रख दिया गया। कुछ बड़े-बुजुर्ग अन्तिम संस्कार की तैयारी के लिए निर्देश देने लगे। कुछ घंटे बाद अन्तिम यात्रा निकल पड़ी। गाँव के बहुत से लोग साथ में काशी तक गए। दाह-संस्कार के बाद रात में घर वापसी हुई। घर का माहौल अत्यन्त गमगीन था। बहुरिया के अन्तिम संस्कार से सम्बन्धित अन्य सारे क्रिया-कर्म विधि-विधान से हुए। तेरहवीं तक तो सभी इन्हीं सब में व्यस्त रहे, मगर उसके बाद धीरे-धीरे नाते-रिश्तेदार चले गए। गाँव के लोगों का भी आना-जाना कम होता गया। घर में बस पारिवारिक सदस्य ही बचे। परिवार भी बहुत बड़ा नहीं था। शिव अकेले लड़के थे। बहनें शादी के बाद ससुराल चली गई थीं, पिता का देहान्त हो चुका था। बस बचे थे केवल शिव व उनकी माँ यानी दो सदस्यों का परिवार। अब तो बड़ी समस्या आ गई कि बहुरिया ने जिस बच्चे को जन्म दिया, उसकी परवरिश कैसे होगी? आखिर माँ अकेले क्या-क्या करे, नवजात शिशु को देखना, चौका-बर्तन, झाड़ू-बहारू, सारा काम उन्हीं पर आ गया। हालाँकि पड़ोस की एक महिला जो रिश्ते में शिव की भौजी लगती थीं, बीच-बीच में बच्चे को तेल-उबटन कर जाती थी, परन्तु इतने छोटे बच्चे के लिए तो एक ऐसी औरत चाहिए थी जो हरदम उसकी देखभाल करे। एक दिन भौजी ने शिव की माँ से कहा, "अइया! कुछ इन्तजाम तो करना पड़ेगा। आखिर ऐसे कब तक चलेगा। इतना छोटा बच्चा जो है।"

"बहू! बात तो सही कह रही हो, पर कुछ समझ में नहीं आ रहा है। सब कुछ उजड़ गया। अभी सारी गृहस्थी कच्ची है। ऊपर वाले का ये कौन सा इन्साफ है?"

"अइया अब जिस पर अपना कोई बस नहीं, उसके लिए क्या कर सकते हैं। अब तो आगे कैसे ठीक-ठाक हो यह सोचना पड़ेगा।"

"बहू तुम सही कह रही हो, पर मेरा तो दिमाग ही काम नहीं कर रहा है।"

"अइया अगर तुम कहो तो हम बबुआ को समझाएँ," बबुआ यानी शिव जिसे भौजी इसी पदनाम से सम्बोधित करती थी।

"क्या समझाओगी?"

"यही कि बचवा के देखभाल के लिए शादी कर लें, वैसे भी अभी काफी जिन्दगी बाकी पड़ी है।"

"बहू ये क्या कह रही हो? अभी तो बहुरिया के चिता की आग भी ठंडी नहीं हुई है। शिव क्या सोचेगा? वह ऐसा कर नहीं सकता कि बीबी के मरते ही घोड़ी पर चढ़ने के लिए तैयार हो जाए।"

"नहीं, अइया बात ये नहीं है। ये तो मजबूरी है। यहाँ कोई बाजा, बरात का शौक थोड़े ही है। बात बबुआ की भी नहीं है। ये तो दुधमुँहे बच्चे की जिन्दगी का सवाल है," यह कहते हुए भौजी अपने घर चली गई। दरवाजे पर शिव सिर झुकाए बैठे थे। भौजी ने उन्हें भी टोका, "बबुआ खाना बना दिया है, नहा-धो कर खा लीजिएगा, फिर शाम को आऊँगी।" लेकिन शिव ने कोई जवाब नहीं दिया। भौजी अपने घर चली गईं। माँ के दिमाग में भौजी की बातें उमड़-घुमड़ कर बार-बार आ-जा रही थीं। भौजी की बात में दम तो था, मगर यह वक्त ठीक नहीं था। अभी बामुश्किल एक महीना ही हुआ है। शिव तो इस दौरान न किसी से ढंग से हँसे-बोले, न ही कायदे से खाया-पिया और न ही दरवाजे से कहीं बाहर गए। बस दिन-रात, लेटे-बैठे ग़म में डूबे उदास ही रहते हैं।

कुछ दिन और बीते अचानक एक दिन गाँव के ही राम प्रकाश दरवाजे पर आकर खड़े हो गए और आवाज दी, "कोई है।" माँ बाहर निकलीं तो राम प्रकाश ने माँ का पैर छुआ। उन्हें देखकर माँ रोने लगीं। उस समय शिव जानवरों के लिए भूसा निकालने भुसवल में गए थे। राम प्रकाश ने माँ को चुप कराया। माँ ने पास पड़ी चारपाई पर उन्हें बैठने का इशारा किया। दोनों बातें करने लगे। राम प्रकाश को माँ ने पूरा घटनाक्रम बता डाला। राम प्रकाश ने इस घटना की देर से खबर लगने की बात कहकर अब तक न आ पाने के लिए बार-बार माफी माँगी। शिव व राम प्रकाश बचपन से ही घनिष्ठ मित्र थे, साथ-साथ पढ़ाई-लिखाई की। शिव तो गाँव में ही रह गए लेकिन राम प्रकाश अच्छी नौकरी पा गए और उनकी तैनाती जबलपुर में हो गई। वे सपरिवार बहुत दिनों तक जबलपुर में ही रहे। उनका तबादला होता रहा, मगर वे परिवार को जबलपुर में रखकर अकेले ही नौकरी करते रहे। इस समय घूम फिर कर फिर जबलपुर आ गए। थोड़ी देर बाद शिव भी आ गए। दोनों मित्र एक-दूसरे से मिलकर रोने लगे। इसके पहले ये जब भी मिलते इनके आँसू सुख के होते थे मगर आज के ये आँसू मिलन के होते हुए भी दुख के थे जो दिल से होकर आँखों से बह रहे थे। शिव का कष्ट राम प्रकाश के लिए आत्मिक कष्ट था। थोड़ी देर रुकने के बाद राम प्रकाश फिर आने की बात कहकर चले गए।

राम प्रकाश के जाने के बाद माँ के दिल-दिमाग में भौजी की कही हुई बात

फिर से घूमने लगी। माँ को उजाले की एक किरण दिखाई पड़ी कि वह इस बारे में राम प्रकाश से बात कर सकती है और उनसे मदद भी मिल सकती है।

शाम होने पर माँ बच्चे को लेकर आई और शिव से बोली, "अभी थोड़ी देर में आती हूँ। बचवा को अपने साथ ले जा रही हूँ।" शिव ने कोई टिप्पणी नहीं की बल्कि केवल 'हूँ' कहकर चारपाई पर ही बैठे रहे। माँ सीधे राम प्रकाश के घर गई। वहाँ पर गाँव के काफी लोग इकट्‌ठे थे। माँ को देखकर राम प्रकाश बोले, "चाची! बचवा है क्या?"

"हाँ बेटा।" राम प्रकाश ने अपना हाथ बढ़ाया और उनकी गोद से बच्चे को ले लिया।

माँ ने राम प्रकाश से कहा कि "बेटा! तुमसे कुछ बात करनी है।" राम प्रकाश उठकर उनके साथ एक किनारे चले गए। माँ ने भौजी की बातों को राम प्रकाश को बताया। "चाची बात तो सही है मगर शिव मानेगा इस बात पर मुझे संशय है लेकिन मैं कोशिश जरूर करूँगा," राम प्रकाश ने कहा।

माँ बचवा को लेकर घर आ गईं। भौजी उनका इन्तजार कर रही थीं। भौजी ने पूछ ही लिया, "अइया! कहाँ चली गई थीं?" अइया ने सारी बात बताई। भौजी खुश हो गईं और बोलीं, "बहुत अच्छा किया अइया।" फिर दोनों अपने काम में व्यस्त हो गईं। राम प्रकाश दूसरे दिन शिव के पास आए और बड़ी देर तक बैठे रहे लेकिन इस सम्बन्ध में कोई बात नहीं की। उन्हें वापस जबलपुर जाना था लेकिन चाची की पीड़ा समझकर उन्होंने तीन-चार दिन और रुकने का फैसला किया। इसके बाद वे रोज आते रहे लेकिन इस बारे में कोई चर्चा नहीं की। उन्हें समझ में नहीं आ रहा था कि इस बारे में बात शुरू कैसे की जाए। अब तो उनके जाने का वक्त भी नज़दीक आ रहा था। फिर एक दिन शाम को वे शिव के पास आए और थोड़ी देर बैठने के बाद कहा कि "चलो जरा खेत-बाड़ी देख आते हैं।"

शिव ने अनमना-सा जवाब दिया, "मन नहीं कर रहा है।"

"अरे भाई चलोगे तब तो मन बदलेगा। मैं मानता हूँ कि तुम्हारे ऊपर गम का पहाड़ टूट पड़ा है पर ये तो जीवन चक्र है, ऐसे तो काम नहीं चलेगा।" शिव कुछ नहीं बोले।

राम प्रकाश फिर बोल पड़े, "तुमने चाची का हाल देखा जो तुम्हारी और उस बच्चे की तकलीफ में अपनी तकलीफ भूल गई हैं।" शिव को लगा कि वह अपने मित्र के प्रति ज्यादा ही कठोर हो गया है। यह सोचकर वह साथ चलने के लिए

खड़ा हो गया। थोड़ी दूर चलने के बाद वे पुलिया पर बैठ गए। शिव तो सारे रास्ते गुमशुम बने रहे पर राम प्रकाश मूल बात कहने के पहले पूरी भूमिका बनाते रहे। लगभग आधे घंटे भर बाद राम प्रकाश सीधे मुद्दे पर आ गए और बोले, "तुमने कुछ सोचा?"

"क्या?" शिव बोले।

"अरे यही बच्चे का पालन-पोषण, देख-रेख कौन करेगा?"

"अम्मा हैं न।"

"अरे भाई अम्मा कब तक और कैसे सँभाल पाएँगी उसे?"

"फिर क्या रास्ता है?"

"रास्ता तो है लेकिन तुम गम्भीरता से सुनो तो बताऊँ।"

"मैं समझ गया तुम क्या कहना चाहते हो।"

"समझ गए तो तुम्हीं बता दो।"

"यही कि दूसरी शादी कर लो, लेकिन ऐसा हरगिज नहीं होगा।"

"क्यों! इसमें दिक्कत क्या है?"

राम प्रकाश को ऐसा आभास हुआ कि यह बात शिव को कुछ बुरी लग गई, फिर वह सतर्क होकर बोले, "मेरा आशय वह नहीं जो तुम समझ रहे हो, मैं तो केवल इन परेशानियों को देखकर अपनी राय दे रहा था।"

"तुम अपनी राय अपने पास रखो।"

"तुम सही कह रहे हो लेकिन मैं तुम्हारा लँगोटिया यार हूँ। इस समय तुम्हारी व अम्मा की जो दशा है वह देखी नहीं जा रही है।" कुछ देर चुप रहकर राम प्रकाश फिर बोले, "मैं यह थोड़े कह रहा हूँ कि घोड़ी चढ़कर धूम-धड़ाम की शादी करो या फिर शौकिया शादी कर लो। मैं तो केवल बच्चे के भविष्य और तुम लोगों की परेशानियों के मद्देनज़र यह चाहता हूँ किसी गरीब व संस्कारवान घर की निस्सन्तान विधवा या परित्यक्ता को ले आओ जो सबकी देखभाल करे..."

"अब बस करो। दूसरे को उपदेश देना बहुत आसान होता है। जब अपने ऊपर पड़ता है तो पता चलता है।"

राम प्रकाश को शिव से ऐसे उत्तर की आशा नहीं थी, वे थोड़ा आहत हुए। शिव को भी लगा कि उसने कुछ ज्यादा कठोर बात कह दी। फिर वह थोड़ा सँभलकर बोले, "मेरा मतलब यह नहीं कि तुम मेरी तकलीफ नहीं समझते हो, लेकिन तुम्हीं बताओ मैं यह सब कैसे कर लूँ। मैं अपनी पत्नी की यादों को कैसे भुला दूँ। इसके

अलावा यह समाज भी ये कहेगा कि अभी चन्द महीने पहले बीबी गुजर गई और यह घोड़ी चढ़ने लगा।"

"यह दुनिया है शिव। यहाँ तो छोटे-बड़े सभी मामलों में अनावश्यक प्रतिक्रियाएँ आती रहती हैं। क्या कोई ऐसा है जो तुम्हारी परेशानी को समझ रहा है या उसे दूर कर रहा है। मैं भी कल चला जाऊँगा। और लोगों की तरह चार-छह महीने में एकाध बार पूछ लूँगा, फिर बात आई-गई हो जाएगी। तुम गम्भीरता से समझने की कोशिश करो। उस बच्चे को एक माँ की जरूरत है और कम से कम आठ-दस साल तक तो यह जरूरत पड़ेगी ही। तुम बच्चे की लगातार देखभाल नहीं कर सकते हो और न अम्मा ही ऐसा कर पाएँगी। बच्चे के अलावा खाना-पीना, चौका-बर्तन जैसे रोज के बीसों काम हैं। तुम्हारी उम्र अभी चालीस बरस ही तो है। तुम खुद ही समझो आगे कैसे चल पाएगा।"

शिव ने राम प्रकाश को इस सम्बन्ध में कोई सहमति तो नहीं दी मगर शुरूआत में उसके प्रतिरोध का भाव जितना तीव्र था, अब वह उतना नहीं रहा। फिर दोनों उठे और घर की ओर चल पड़े।

शिव को सारी रात नींद नहीं आई वह राम प्रकाश के साथ हुए वार्तालाप पर हर तरीके से विचार करता रहा। उसे भी लगा कि अम्मा की उम्र और इस बच्चे की परवरिश के लिए एक महिला का होना जरूरी है। वैसे भी यह बच्चा उनकी पत्नी की आखिरी अमानत है। इससे पहले के सारे बच्चे पैदा होने के महीने-दो महीने बाद ही खत्म होते गए। अब यही उसकी आखिरी निशानी है।

सुबह उठकर वह सीधे राम प्रकाश के पास पहुँच गया। पत्नी के देहान्त के बाद पहली बार वह किसी के घर गया था। राम प्रकाश जाने की पूरी तैयारी कर चुके थे। शिव को देखकर बोले, "अरे तुम!"

"क्यों?" शिव बोले।

"नहीं। ऐसे ही।"

"क्या अपने दोस्त को विदा करने नहीं आ सकता?"

"क्यों नहीं।"

फिर राम प्रकाश को छोड़ने के लिए कई लोग सड़क तक गए। सड़क पर पहुँचकर शिव ने राम प्रकाश को अलग ले जाकर कहा, "भाई कल की बात के लिए गुस्सा तो नहीं हो। मैं तुम्हारी बात पर विचार करूँगा।" यह सुनकर राम प्रकाश ने कोई उत्तर तो नहीं दिया लेकिन वे बहुत खुश हुए और उनकी आँखें भर आईं।

कुछ दिनों बाद दूर के रिश्ते से अम्मा के पास शिव के पुनर्विवाह का प्रस्ताव आया। लड़की की शादी हो चुकी थी मगर गौने से पहले ही उसके पति का निधन हो गया था। लड़की कई साल तक पुनर्विवाह से इनकार करती रही लेकिन अब वह शादी के लिए मान गई थी। उसकी और शिव की उम्र में पाँच-छह साल का ही अन्तर था। बात आगे बढ़ी और विवाह तय हो गया। शिव ने इसकी खबर राम प्रकाश को भी भेजी और वे आए भी। अत्यन्त सीमित लोगों के बीच सादगी से विवाह की रस्म पूरी हो गई। विदाई के बाद वह महिला बहू बनकर घर आ गई। उसका नाम सुशीला था। नाम के अनुरूप ही वह अत्यन्त सुशील और संस्कारवान थी। चन्द दिनों में ही उसने सबका दिल जीत लिया। नन्हें बच्चे को तो उसने ऐसे अपना लिया जैसे उसने ही उसे जन्म दिया हो। अम्मा, शिव एवं बच्चे की सेवा-टहल, खाना-पीना, चौका-बर्तन, झाड़ू-बहारू सभी काम उसने ऐसा सँभाला जैसे वह इस घर में बहुत पुरानी बहू हो। धीरे-धीरे वक्त बीतता गया। नई बहू से भी एक बेटी व एक बेटा पैदा हुए। मगर वह तीनों बच्चों का एक समान खयाल करती। बच्चे बड़े होते गए। अम्मा अब एकदम अशक्त हो चली, उनका चलना-फिरना भी मुश्किल हो गया था। शिव भी कुछ गम्भीर बीमारियों के शिकार हो गए। आमदनी के पर्याप्त स्रोत न होने के कारण उनका सही इलाज भी नहीं हो पा रहा था। एक दिन अचानक तबीयत ऐसी बिगड़ी कि सँभल नहीं पाई। वे सभी को छोड़कर इस दुनिया से चले गए। लेकिन नई बहू ने हिम्मत नहीं हारी। उसने अपने मायके में सिलाई, कढ़ाई सीख रखी थी। इस हुनर का उसने इस्तेमाल किया। लोगों से उसे काम भी मिलने लगा। उसका संकल्प था कि वह तीनों बच्चों को खूब पढ़ाकर अच्छे ओहदे तक पहुँचाएगी। तीनों बच्चे भी बहुत होनहार थे और अपनी मंजिल की ओर बढ़ रहे थे। कुछ दिनों बाद बड़ा बेटा उच्च शिक्षा के लिए बाहर चला गया। घर की माली हालत को देखते हुए बड़े बेटे ने अपनी पढ़ाई के लिए कुछ बच्चों को ट्यूशन पढ़ाना शुरू किया, जहाँ से उसे काम भर के पैसे मिलने लगे और उसका काम चलने लगा। कुछ दिन तो वह बीच-बीच में घर आता-जाता रहा पर जब प्रतियोगी परीक्षाओं का समय शुरू हुआ तो उसने तय किया कि वह कुछ हासिल करके ही घर जाएगा।

सुशीला की घर-गृहस्थी अच्छी तरह चल रही थी मगर पास-पड़ोस के कुछ लोगों को यह कतई पसन्द नहीं था। एक दिन बहू को एक चिट्ठी मिली। यह गाँव के ही किसी व्यक्ति की शरारत थी। उसने अपनी बेटी को बुलाकर चिट्ठी पढ़वाई,

उसमें लिखा था, "अम्मा जी अब हमें अच्छी नौकरी मिल गई। अब हमारी सारी जरूरतें पूरी हो रही हैं। आपके साथ तो मैंने बड़ी तकलीफें झेली हैं। आपने अपने बच्चों के लिए तो बहुत ज्यादा किया पर सौतेला बेटा होने के कारण मुझे बहुत कष्ट दिया। अब आगे आप सबसे मेरा कोई वास्ता नहीं है-आपका सौतेला बेटा।"

चिट्ठी में लिखी बातें सुनकर सुशीला की आँखों से आँसू बहने लगे। वह अतीत के उन दिनों में खो गईं जब बचवा आठ-नौ माह का था और वह ब्याह कर घर में आई थी। तब से चौबीस-पचीस साल तक उसने इन्हीं सबकी उन्नति के लिए दिन-रात एक कर दिया। विपरीत परिस्थितियों में भी उसने हिम्मत नहीं हारी। बचवा को कभी भी सौतेला बेटा नहीं समझा और अपने मन-वचन-कर्म से स्वयं को उसकी जन्मदात्री माना। आखिर उसका गुनाह क्या है जो बचवा ने उसके बारे में ऐसी बातें लिखकर भेजी। हालाँकि उसे इस पत्र में लिखी बातों पर विश्वास नहीं हो रहा था किन्तु बचआ से काफी दिनों से सम्पर्क न होने के कारण स्थिति स्पष्ट नहीं हो सकी। कुछ और वक्त बीता। बचआ ने कड़ी मेहनत की। उसकी पढ़ाई पूरी हुई और उसका चयन ऊँची सरकारी सेवा के लिए हो गया। वह इतना खुश था कि वह सबसे पहले माँ से मिलना चाहता था जो सौतेली माँ होकर भी माँ से बढ़कर थी। उसे हर तरफ माँ ही नजर आ रही थी। ऐ ऐसी जो जनम देने वाली माँ से किसी प्रकार भी कमतर नहीं थी। वह तुरन्त दुकान पर गया और ट्यूशन से बचाए हुए पैसे से माँ के लिए साड़ी, दादी तथा भाई-बहनों के लिए कपड़े खरीदे फिर सामान बाँधकर घर आने के लिए स्टेशन के लिए चल पड़ा।

यहाँ गाँव में दिन-रात काम करते-करते सुशीला बीमार रहने लगी। एक दिन उसकी तबीयत बहुत खराब हो गई। कभी-कभी वह बेसुध-सी हो जाती और वह बचआ के नाम की रट लगाए रहती। एक बार बचआ को देख लूँ। हे भगवान मेरे प्राण तभी निकलें जब बचवा मेरे सामने आ जाए। सुशीला के दोनों बच्चे उसे समझाने की कोशिश करते कि अम्मा बचआ भइया अब बदल गए हैं पर वह मानने के लिए तैयार नहीं थी। उसका अटूट विश्वास था कि मेरी परवरिश ऐसी है कि बचआ संस्कारविहीन नहीं हो सकता। उसे कभी भी विश्वास नहीं हुआ कि जो चिट्ठी मिली थी वह बचआ ने लिखी होगी। इसी ऊहापोह में वक्त बीता चला जा रहा था, तभी कुछ बच्चे चिल्लाने लगे, "बचआ भइया आ गए-बचआ भइया आ गए।" बेसुध पड़ी सुशीला की बन्द आँखें खुल गईं और वह टुकुर-टुकुर निहारने लगी, "कहाँ है बचआ, कहाँ हैं?" बचआ ने दरवाजे पर भीड़ देखी तो वह घबड़ा गया। वह सीधे

चारपाई पर पड़ी माँ के पास पहुँचा और उसकी दशा देखकर लिपटकर रोने लगा।

"तुम आ गए बचआ! मुझे मालूम था कि तुम जरूर आओगे," सुशीला बोली।

"हाँ अम्मा, मैं आ गया।"

"देखो मैं कह रही थी न कि मेरा बचआ कभी नहीं बदलेगा।"

"माँ मैं कहाँ बदला। मैं तो वैसे ही हूँ जैसे पहले था तुम्हारा बचआ।" वह समझ गया था कि अम्मा काफी बीमार है। वह सँभलते हुए बोला, 'अम्मा! इलाज के लिए चलो। तुम्हें बड़े डॉक्टर को दिखाएँगे।

"अब कोई फायदा नहीं बचआ।"

"अम्मा! अब तुम चुप रहो। जो करेंगे, हम करेंगे।"

"बचआ मेरे चलने का वक्त हो गया है। तुम्हें देखने की अन्तिम इच्छा थी वह भी पूरी हो गई"

"नहीं अम्मा! ऐसा नहीं हो सकता।" फिर वह अम्मा को लेकर इलाज के लिए चला गया। उसने अम्मा को अच्छे डॉक्टर को दिखाया। कुछ दिनों के इलाज के बाद अम्मा स्वस्थ होने लगीं। एक महीने बाद अम्मा पूरी तरह स्वस्थ होकर गाँव आ गईं। सारे गाँव में इसी बात की चर्चा चल रही थी कि लोग अपनी सगी माँ के लिए जो नहीं करते, बचआ ने अपनी मयभा महतारी के लिए उससे बड़ा काम किया है। लेकिन साथ ही वे लोग यह भी कहना नहीं भूलते कि भाई मयभा महतारी होकर भी तीन-चार महीने के बच्चे को पाल-पोसकर इतना बड़ा आदमी बना दिया, माई से बड़ी मयभा महतारी...।

सबेरे-सबेरे

“आज तो सारे फूल बचे हुए हैं,” श्याम ने राम प्रसाद को आवाज देते हुए कहा।

“लगता है, आज अम्मा नहीं आईं...,” राम प्रसाद ने जवाब दिया।

“लेकिन वे तो तड़के ही आ जाती हैं,” राम प्रसाद का जवाब पूरा होने से पहले ही श्याम बोल उठा।

“हो सकता है आज देर हो गई हो,” राम प्रसाद बोला।

राम प्रसाद से बातें करते-करते श्याम ने पूजा के लिए फूल चुन लिये और घर के अन्दर चला गया। इसी तरह दूसरे दिन भी जब श्याम फूल चुनने गया तो देखा कि आज भी पौधे फूलों से लदे हुए हैं। उसने राम प्रसाद को आवाज दी, “लगता है, आज भी अम्मा नहीं आईं, सारे पौधे फूलों से लदे पड़े हैं।”

“लगता है कि कहीं बाहर चली गई हैं,” राम प्रसाद ने कहा।

श्याम ने पौधों से फूल चुने और अन्दर चला गया। अगले तीन-चार दिनों तक ऐसा ही होता रहा फिर एक दिन श्याम ने राम प्रसाद से कहा, “पता करो अम्मा इतने दिनों से क्यों नहीं आ रही हैं?” हालाँकि राम प्रसाद अम्मा के घर तो कभी नहीं गया था लेकिन उसे यह अंदाजा था कि उनका घर आगे बाएँ वाली गली में कहीं पड़ता है। थोड़ी देर बाद राम प्रसाद अनुमान से उसी रास्ते की ओर गया और पूछताछ करते हुए अम्मा के घर तक पहुँच ही गया किन्तु वहाँ का माहौल देखकर वह समझ गया कि कुछ अनहोनी हुई है। वह थोड़ी देर वहीं रुका और लोगों की बातें सुनता रहा फिर उसे पता चल गया कि अम्मा का चार-पाँच दिन पहले निधन हो गया। राम प्रसाद यह सुनकर बहुत दुखी हुआ और भागा-भागा घर आया। उसने घंटी बजाई। श्याम बाहर निकला। राम प्रसाद का चेहरा देखकर ऐसा लग रहा था

कि वह दुखी है। वह कुछ बोल नहीं पा रहा था। श्याम ने पूछा, "क्या हुआ? क्या अम्मा का कुछ पता चला?"

"अम्मा चार-पाँच दिन पहले खतम हो गईं," राम प्रसाद से भर्राई आवाज में जवाब दिया।

श्याम को यह सुनकर बड़ा धक्का लगा। वह अत्यन्त दुःखी हो गया और बिना कुछ बोले सीधे घर के अन्दर चला गया। उसे ऑफिस भी जाना था इसलिए सीधे पूजा घर में गया और पूजा करने बैठ गया, लेकिन उसका मन पूजा में नहीं लग रहा था। उसे बार-बार अम्मा का चेहरा याद आ रहा था। कुछ ही क्षण में वह अतीत के उन पलों में खो गया, जब एक दिन राम प्रसाद अम्मा पर जोर-जोर से चीख रहा था, "आपने सारे फूल तोड़ लिये, एक भी फूल नहीं छोड़ा।" राम प्रसाद की तेज आवाज सुनकर श्याम भी बाहर आ गया था और उसने देखा कि एक बुजुर्ग महिला खड़ी हैं। उनके हाथ में एक टोकरी है जिसमें ढेर सारे फूल हैं। ये फूल यहीं से तोड़े गए हैं और इसी कारण राम प्रसाद उन बुजुर्ग महिला पर गुस्सा कर रहा है। श्याम के पहुँचते ही बुजुर्ग महिला व राम प्रसाद के बीच चल रही तकरार रुक गई। राम प्रसाद ने अम्मा की ओर इशारा करते हुए श्याम से कहा, "साहब! इन्होंने सारे फूल चुन लिये हैं और कली तक नहीं छोड़ी।" श्याम कुछ बोलता इससे पहले राम प्रसाद फिर बोल पड़ा, "और आप मुझे डाँटते हैं कि फूल कहाँ चले जाते हैं?"

उस बुजुर्ग महिला के इस कृत्य पर श्याम को भी गुस्सा आया क्योंकि वह जब भी फूल चुनने आता तो इक्का-दुक्का फूल ही मिल पाते थे। उसने ही राम प्रसाद को यह हिदायत दी थी कि तुम सवेरे ही उठकर यह देखो कि कौन है जो सारे फूल तोड़ ले जाता है? राम प्रसाद कई दिनों तक इसी फिराक में था कि फूल तोड़ने वाले को रँगे हाथ पकड़ूँगा लेकिन जब तक वह जागता तब तक सारे फूल गायब रहते। राम प्रसाद के वहाँ पहुँचने के पहले ही अम्मा लगभग सारे फूल तोड़ ले जातीं।

उन बुजुर्ग महिला की इन हरकतों पर श्याम भी अपने गुस्से पर नियंत्रण नहीं रख सका और अम्मा से बोला "हमें भी पूजा के लिए फूल चाहिए। हमने आपके लिए ये पौधे नहीं लगाए हैं। आप तो सारे के सारे फूल तोड़ लेती हैं।"

अम्मा ने कहा, "हम भी ये फूल भगवान की पूजा के लिए ही तो ले जाते हैं।"

अम्मा के जवाब पर श्याम को और भी गुस्सा आ गया। उसने कहा, "भगवान चोरी के फूलों से खुश नहीं होते।"

श्याम की बात खतम होने से पहले ही अम्मा बोल पड़ीं, "क्यों नहीं खुश होंगे? भगवान को तो पूजा से मतलब है, उसके लिए फूल खरीदकर लाएँ, चोरी करके लाएँ, अपने बगीचे से लाएँ, या और कहीं से लाएँ, इससे उनका क्या लेना-देना।"

अम्मा की यह बात श्याम को व्यंग्यात्मक लगी। इसे सुनकर उसे और भी गुस्सा आ गया। उसने कहा, "आप हमको सिद्धान्त न बताइए। क्यों आप गलत काम को सही साबित करना चाहती हैं? यह क्यों नहीं मान लेतीं कि आपने चोरी की है?"

अम्मा ने कहा, "बेटा! तुम इतनी छोटी सी बात का बतंगड़ क्यों बना रहे हो। तुम्हें भी मालूम है कि भगवान भी तो कभी-कभी चोरी करते हैं। कान्हा का नाम सुना है। बचपन से ही चोरी की-दूध की, मक्खन की...। उन्हें छोड़ो, राम-लक्ष्मण को तो जानता होगा। जब वे जनकपुर स्वयंवर में गए थे तो वे विश्वामित्र जी को पूजा के लिए फूल कहाँ से तोड़कर देते थे। क्या वहाँ उनका बगीचा था या फिर वह राजा दशरथ का राज्य था।"

श्याम ने गुस्से में कहा, "आप फालतू की बातें कर रही हैं और इसमें भगवान को जबरदस्ती घसीट रही हैं।"

इसके बाद तो अम्मा भी गुस्से में आ गईं। गुस्से से उनका चेहरा तमतमा उठा था। फिर उन्होंने फूलों से भरी डलिया श्याम के हाथ में जबरदस्ती पकड़ाते हुए कहा, "ये लो अपने फूल। अब तुम भी खुश हो जाओ और अपने भगवान को भी खुश कर लो। मैं बिना फूलों के भी पूजा कर लूँगी।"

श्याम को लगा कि उसने कुछ ज्यादा ही कठोरता दिखला दी। चाहे कुछ भी हो, हैं तो वह एक बुजुर्ग महिला ही, माँ की ही तरह हैं। वैसे भी वे भगवान के प्रति कितनी श्रद्धा व आस्थावान हैं। इसी कारण पूजा के लिए ही फूल तोड़ लेती हैं। श्याम तथा उसकी पत्नी दोनों नियमित पूजा करते थे और उन्हें पूजा के लिए फूलों की आवश्यकता होती थी। इसीलिए उसने अपने घर की चहारदीवारी के किनारे-किनारे कई प्रजातियों के फूलों के पौधे लगाए और वह स्वयं इनकी नियमित देखभाल करता था। अम्मा की इस प्रतिक्रिया के बाद श्याम ने उन्हें डलिया वापस करते हुए कहा, "अम्मा! ऐसा क्यों नहीं करतीं कि जिससे आपकी भी पूजा हो जाए और हमारी भी। आप पूजा के लिए थोड़े फूल चुन लिया करिए और थोड़े फूल मेरी पूजा के लिए छोड़ दिया करिए।"

इस बात पर अम्मा बहुत तेजी से हँसी और बोलीं, "अब तुमने सही बात कही, हमारे भगवान भी खुश और तुम्हारे भी।"

श्याम ने कहा, "अम्मा भगवान बँटे थोड़े ही हैं।"

अम्मा बोलीं, "बँटे क्यों नहीं, बँटे नहीं होते तो तुम मुझे फूल तोड़ने के लिए मना क्यों करते?"

"अम्मा आपसे मैं जीत नहीं सकता," यह कहते हुए श्याम चुप हो गया था और राम प्रसाद को हिदायत देते हुए कहा था, "अम्मा को फूल तोड़ने से रोकना नहीं, इनकी जितनी मर्जी हो, उतने फूल तोड़ लिया करें। हमारे लिए कुछ फूल छोड़ दें तो अच्छा और नहीं भी छोड़ें तो भी अच्छा।" इसके बाद श्याम घर के अन्दर चला आया था।

अचानक श्याम का ध्यान भंग हुआ। वह पूजा के लिए तो बैठा था किन्तु उसने अभी तक पूजा शुरू भी नहीं की, यहाँ तक कि एक भी फूल नहीं चढ़ाए थे। वह अचानक उठा और पत्नी को यह कहते हुए पूजा घर से बाहर निकल पड़ा कि "पूजा कर लेना, मैं जरा बाहर जा रहा हूँ। मैंने फूल नहीं चढ़ाए हैं सारे फूल टोकरी में रखे हैं।"

और वह फिर सीधे राम प्रसाद को लेकर अम्मा के घर चला गया।

क्षमा करो बुआ जी

"आज मैंने सपने में बुआ जी को देखा," राधा बोली।

"कौन सी बुआ?" सागर ने कहा।

"अरे! छोटी बुआ...," राधा थोड़ा झुंझलाकर बोली।

"अरे भाई! मेरी बुआ कि तुम्हारी बुआ?..." सागर ने गुस्से में कहा।

"ये तेरी-मेरी क्या लगा रखा है। मैं तुम्हारी छोटी बुआ की बात कर रही हूँ," राधा थोड़ा तेज आवाज में बोलते हुए रसोई में चली गई। राधा सागर की पत्नी थी। सागर को लगा कि उसके गुस्सा होने के कारण राधा आगे बात नहीं करना चाहती। वह भी राधा के पीछे-पीछे रसोई में आ गया लेकिन राधा ने अपना मुँह दूसरी ओर फेर लिया। सागर समझ गया कि थोड़ा शान्त होकर बात करना ही अच्छा है।

"अच्छा बाबा माफी माँगता हूँ! लेकिन तुमने देखा क्या?" सागर धीमे स्वर में बोला।

पत्नी ने कहा, "मैंने देखा कि बुआ जी घर के मेन गेट पर खड़ी हैं और घंटी बजा रही हैं। कुछ देर बाद गार्ड गेट पर पहुँचा और उनसे कहा कि आप कौन हैं और बार-बार घंटी क्यों बजा रही हैं? तो उन्होंने गार्ड से कहा, 'मैं सागर की बुआ हूँ।' गार्ड तो उन्हें पहचानता नहीं था। उसने आकर मुझे बताया। फिर मैं बाहर गई और उनसे कहा, "बुआ जी आप अन्दर आइए मगर उन्होंने अन्दर आने से मना कर दिया। मैं बार-बार कहती रही कि बुआ जी अन्दर चलिए, मगर मेरे बार-बार कहने पर भी वह अन्दर आने को तैयार नहीं हुईं।"

"फिर क्या हुआ?" सागर बोला।

"उन्होंने बहाना बना दिया कि पहले सागर को बुलाओ, बिना उसकी इजाजत के उसके घर में कैसे आ सकती हूँ।"

मैंने कहा, "बुआ जी! अभी तो वे ऑफिस से नहीं आए हैं। आप अन्दर चलकर बैठिए। मैं उन्हें फोन करके बुला लूँगी। वैसे भी मैं उनकी पत्नी हूँ और आप उनकी बुआ हैं। मुझ पर भी आपका पूरा हक है लेकिन वे अन्दर आने के लिए तैयार नहीं हुईं और बाहर ही पेड़ के नीचे बैठ गईं। मैंने उनसे बार-बार कहा कि बुआ आपका यहाँ बैठना अच्छा नहीं लग रहा है। लोग देखेंगे तो क्या कहेंगे? लेकिन बुआ नहीं मानी और बोलीं, 'लोग कहते हैं तो कहने दो। लोगों का क्या? लोग तो बहुत कुछ कहते हैं। क्या तुम सुनोगी कि लोग मेरे लिए क्या-क्या कहते हैं?' इसके बाद बुआ जी सुबक-सुबक कर रोने लगीं। कुछ देर बाद बुआ ने फिर कहा कि 'मैं बीमार होकर महीनों बिस्तर पर पड़ी रही, लेकिन तुम लोगों में से कोई भी मेरी सुध लेने नहीं आया। मैंने फोन भी कराया लेकिन किसी ने भी कोई तवज्जो नहीं दी। आखिर एक दिन मैं इस दुनिया को छोड़कर चली गई। इसके बाद भी न तो कोई मेरे दाह-संस्कार में आया और न ही किसी क्रिया-कर्म में आया।' मैं चुपचाप बुआ की बातें सुनती रही। आखिर मैं उन्हें क्या जवाब देती। बुआ जी सही तो कह रही थीं।"

"इसमें सही क्या है?" सागर बोला।

"क्यों? सही क्यों नहीं है? बुआ ने जो कुछ कहा, वह सब पूरी तरह सही है। उनकी बीमारी की खबर पाकर भी कोई उन्हें देखने नहीं गया। आपने कहा कि बड़े भइया जाएँ। बड़े भइया ने कहा मँझले भइया जाएँ, मँझले भैया ने कहा कि आप जाइए। आप लोगों की टाल-मटोल के बीच ही बुआ जी इस दुनिया से चली गईं। उनकी मौत के बारे में पता चलने के बाद भी यही सिलसिला चला। उनके सारे क्रियाकर्म तथा अन्तिम संस्कार बीत गए। लेकिन कोई भी उनके यहाँ झाँकने नहीं गया।"

"क्या सारी जिम्मेदारी का ठेका मेरा ही है?"

"क्यों रिश्ते-नाते निभाना गलत बात है? वैसे भी वे कोई दूर की रिश्तेदार तो थीं नहीं। आपकी सगी बुआ थीं, बाबू जी की सगी बहन। वे कोई पराई थीं क्या?"

"अच्छा अब तुम मुझे लन्तरानी न सुनाओ।"

"सम्बन्धों की बात करना लन्तरानी है तो फिर ठीक है, मैं अपनी गलती मान लेती हूँ।"

सागर को लगा कि पत्नी को उसकी बात बुरी लग गई। इसलिए उसने क्षमा भाव से आगे कहा, "नहीं, नहीं। मेरा वह मतलब नहीं था। तुम तो जानती हो उन दिनों मैं कितना ज्यादा व्यस्त था। लेकिन मुझे इसका अफसोस है और आजीवन रहेगा।" सागर के इस भाव से पत्नी का दिल थोड़ा पसीजा और वह आगे कहने लगी, "लड़की शादी के बाद विदा होकर ससुराल चली जाती है लेकिन वह मायका कभी भी नहीं भूल पाती। उसे अपने मायके की याद हमेशा आती रहती है, भले ही उसके मायके के लोग उसका साथ दें या न दें। उसे अपने मायके पर सदैव गर्व रहता है और हमेशा यह भरोसा रहता है कि किसी भी विपरीत परिस्थिति में मायके वाले उसके साथ खड़े रहेंगे लेकिन अब तो इसके सारे मायने ही बदल गए हैं। शायद अब लड़कियाँ यह नहीं समझ पा रही हैं कि 'मायका' का मतलब ऐसा रिश्ता जो शायद माँ-बाप तक ही है या थोड़ा-बहुत भाई इस रिश्ते की परवाह करता है। लेकिन उसके बाद की पीढ़ी से इन रिश्तों के निर्वाह की अपेक्षा करना ही गलत है।"

"मैं तुमसे सहमत हूँ।" सागर ने माहौल समझकर पत्नी से कहा। वह आगे भी बोलता रहा, "बुआ ने फिर आगे कुछ कहा।" पत्नी ने कुछ जवाब नहीं दिया।

"अच्छा सही बताओ कि कहीं ये तुम्हारी मनगढ़न्त कहानी तो नहीं है," सागर हँसते हुए बोला।

"क्यों? तुझमें सच सुनने की हिम्मत नहीं है," पत्नी बोली।

"बात सच-झूठ की नहीं है। मुझे यह अजीब-सा लग रहा है कि एक मरा हुआ व्यक्ति अपने मरने के बारे में कैसे सच बता सकता है?" सागर ने कहा।

सागर आगे भी इसी तरह के कई प्रश्नों को पूछना चाह रहा था, लेकिन उसकी बात को बीच में ही काटते हुए पत्नी बोल उठी, "अजीब-सा क्यों है, क्या मरा हुआ इनसान सपने में नहीं आ सकता है?"

"नहीं, सपने मैं भी देखता हूँ लेकिन सपने में किसी मरे हुए व्यक्ति को आज तक नहीं देखा जो अपनी मौत का हाल बताए," सागर आगे बोलता रहा, "अच्छा! ये बताओ, क्या तुमने कल किसी से बुआ जी की चर्चा तो नहीं की थी।"

"नहीं! मेरी इस बारे में किसी से कोई बातचीत नहीं हुई," पत्नी ने जवाब दिया।

"लेकिन कल लंच टाइम में तुम अम्मा से कुछ बातचीत कर रही थी कि मायके वाले पूछ नहीं रहे और आप हैं कि लुगरी-झोला लिये तैयार बैटी हैं," सागर ने जिज्ञासा भाव से कहा।

"नहीं-नहीं। वे बातें बुआ जी के बारे में नहीं थीं। वह तो मैं अम्मा से कह रही थी कि आप मायके जाना चाहती हैं। अपने भतीजों और उनकी बहुओं से मिलना चाहती हैं। लेकिन बार-बार फोन करवाने के बावजूद आपको लेने के लिए न तो कोई भतीजा आ रहा है और न ही यह कह रहा है कि हम लोग ही आपको कुछ दिन के लिए वहाँ पहुँचा दें।" पत्नी आगे बोलती रही, "हाँ! बुआ जी ने भी तो अन्तिम समय में यही चाहा था कि वे मायके जाकर सबसे मिल आएँ, लेकिन उनकी यह इच्छा कहाँ पूरी हुई।" पत्नी की बातों को सुनकर सागर का मन बेचैन हो गया और उसे लगने लगा कि बुआ के संग किया गया बर्ताव वास्तव में क्षम्य नहीं और अब तो बुआ भी नहीं हैं जिनके सामने जाकर वह क्षमा माँग ले। अगर वे होतीं तो क्षमा जरूर कर देती और नहीं करती तो वह उनके सामने अपने पिता यानी उनके बीर के पुत्र होने की या फिर दादा-दादी के पोते होने की दुहाई देते हुए उनसे क्षमा माँग लेता। शायद वह उसे अपने भाई का अंश मानते हुए क्षमा कर देतीं। लेकिन अब क्षमा किससे माँगे और इस अपराध के लिए उसे माफ कौन करेगा? वह इसी उधेड़-बुन में पड़ा सोचता रहा। धीरे-धीरे ऑफिस जाने का समय हो गया। वह जल्दी-जल्दी तैयार होकर ऑफिस के लिए निकल पड़ा। आज उसने पूजा नहीं की, नाश्ता भी नहीं किया। घर से थोड़ी दूर ऑफिस के रास्ते में ही एक मन्दिर पड़ता था। वह रोज ऑफिस जाते समय पहले मन्दिर में रुककर दर्शन करता था। उस दिन भी वह मन्दिर पहुँचकर माँ दुर्गा की प्रतिमा के समक्ष बैठ गया और अपनी आँखें बन्द कर लीं। वह माँ दुर्गा के विभिन्न स्त्रोतों व श्लोकों को पढ़ने का प्रयास करने लगा। ये सभी उसे कंठस्थ थे और वह प्रतिदिन इन्हें पढ़ता था लेकिन ऐसा लग रहा था कि वे सारे श्लोक व स्त्रोत उसे विस्मृत हो गए हैं। पता नहीं क्यों आज वह स्वयं को असहज पा रहा था। उसका ध्यान माँ की प्रतिमा पर केन्द्रित तो था, परन्तु माँ के स्वरूप के स्थान पर उसे बुआ के स्वरूप का भान हो रहा था। वह प्रयास तो कर रहा था माँ की आराधना के स्त्रोतों के वाचन का लेकिन उससे बार-बार अपराध-क्षमा स्त्रोत उच्चारित होने लगता था। बहुत प्रयास के बाद भी वह स्त्रोतों का पाठ पूर्ण नहीं कर पाया फिर अचानक उसे लगा कि जैसे कोई उससे कह रहा है, 'तुम माँ के समक्ष आराधना के लिए बैठे हो लेकिन तुमने तो एक माँ के प्रति अपराध किया है। तुम्हारी बुआ भी तो माँ ही हैं, तुम्हारी बुआ भी तो माँ ही हैं...' वह घबरा गया। उसे कुछ समझ में नहीं आ रहा था। उसे फिर लगने लगा कि जैसे उससे फिर से कोई कुछ कह रहा है, 'घबरा क्यों गए..., परेशान मत

हो..., माँ तो सदैव क्षमाशील होती है। वह कभी कुमाता नहीं हो सकती।' सागर को लगा कि वह किसी और लोक में आ गया है। उसके चारों ओर तो केवल बुआ ही हैं, विभिन्न रूपों में जिनको उसने अपने बचपन से लेकर बाद तक देख रखा था। फिर उसने हाथ ऊपर उठा लिये और जोर-जोर से चिल्लाने लगा, "क्षमा करो बुआ जी! क्षमा करो...।"

अम्मा बँट गई

सुबह-सुबह घर के दरवाजे की साँकल बजी।

'कौन होगा सबेरे-सबेरे?' कमला यह कहते हुए दरवाजे की ओर बढ़ी। दरवाजा खोला तो देखा सामने महरिन खड़ी थी। "अरे चाची! इतने सबेरे," कमला ने महरिन की ओर आश्चर्यचकित निगाहों से देखते हुए कहा।

"बहू! आज राशन बँट रहा है। वहीं जा रही हूँ। देर से आऊँगी," महरिन ने सबेरे-सबेरे आने का कारण विस्तारपूर्वक कह डाला। कमला महरिन की बात तो सुन रही थी मगर उसकी निगाह सामने आ रही एक बुढ़िया की ओर लगी हुई थी। जो दुबली-पतली, चेहरे पर झुर्रियाँ, उलझे-पके बाल, फटी-पुरानी गन्दी धोती पहने, हाथ में बाँस की एक डंडी के सहारे कमला के घर की ओर चली आ रही थी। बहू उस बुढ़िया को एक टक देखते हुए महरिन से बोली, "बूढ़ा हैं क्या?" बूढ़ा से उसका आशय अपनी सास से था।

"क्यों बहू जी?" महरिन बोली।

"अभी तो अँधेरा पाख चल रहा है।"

"अँधेरा पाख है तो क्या हुआ?"

"नहीं चाची? हमारे यहाँ तो अम्मा का रहना-खाना उजेला पाख में होता है।"

तब तक बुढ़िया दरवाजे पर आ चुकी थी।

"आज तो बड़े सबेरे-सबेरे घूम रही हो अम्मा?" कमला ने सास से कहा।

"नहीं बहू! महेश की औरत आज सबेरे ही पिड़ासिन देवी के दर्शन करने चली गई और वहीं से बाजार चली जाएगी। जाते समय बोली कि आज दोपहर का खाना तुम्हारे यहाँ कर लूँ," बुढ़िया ने कहा।

महेश और सुरेश बुढ़िया के दो बेटे थे। पति के मरने के बाद कुछ दिन तो ठीक-ठाक चला लेकिन दो महीना बीतते-बीतते परिवार की एकता की चादर को बेटों-बहुओं ने तार-तार कर दिया। परिवार का सारा ताना-बाना छिन्न-भिन्न हो गया।

रिश्तेदार, पास-पड़ोस, गाँव-जवार के कुछ लोगों ने तो परिवार में एका बनाने की काफी कोशिश की मगर इन्हीं में से कुछ ने आग में घी डालने का काम किया और अन्ततः भाइयों में बँटवारा हो गया और इसके साथ ही अम्मा भी बँट गई। घर-जमीन, धन-दौलत के बँटवारे में सभी की अच्छी-खासी दिलचस्पी रही। सबने खूब बढ़ा-चढ़ाकर अपना हिस्सा माँगा मगर माँ के बँटवारे के समय सभी ने छोटे हिस्से की चाहत रखी। जिससे अम्मा की कम से कम देखभाल करनी पड़े और उसके ऊपर एक फूटी कौड़ी भी खर्च न करनी पड़े। यहाँ तक कि अगर अम्मा किसी एक के ही हिस्से में रह जाती तो उससे ज्यादा खुशी की बात दूसरे के लिए कुछ भी न होती लेकिन ऐसा न हो सका क्योंकि कोई बेटा ताउम्र उन्हें साथ रखने के लिए तैयार ही नहीं हुआ।

बँटवारे में पहले तो यह तय हुआ कि दोनों भाई एक-एक साल, बारी-बारी से अम्मा को रखें लेकिन दोनों भाइयों के दिमाग में न जाने कहाँ-कहाँ के और कैसे-कैसे खयालात आने लगे? अम्मा तो बीमार रहती हैं? इसकी जिन्दगी का क्या भरोसा? अगर एक-दो महीने ही जिन्दा रहीं तो दूसरे भाई का तो नम्बर ही नहीं आएगा, उसका तो एक धेला भी नहीं खर्च होगा, उसकी तो मौज हो जाएगी। इसी उधेड़-बुन में उलझे दोनों भाइयों ने जाहिरा तौर पर तो नहीं लेकिन अप्रत्यक्ष रूप से पंचों से यह कहा कि अम्मा का बँटवारा ज्यादा से ज्यादा एक-एक पाख के हिसाब से होना चाहिए। खैर! काफ़ी वाद-प्रतिवाद के बाद पंचों ने भाइयों की बात मान ली वैसे भी उनके पास इसे मानने के अलावा और कोई चारा भी नहीं था। उनकी इज्जत भी इसी में थी कि वे नदी की बहती धारा के खिलाफ न जाएँ।

इस अन्तिम बँटवारे में पंचों ने अँधेरा पाख व उजेला पाख के हिसाब से बँटवारा कर दिया। उसमें बड़े बेटे महेश को माँ की सेवा के लिए अँधेरा पाख और छोटे बेटे सुरेश के लिए उजेला पाख तय कर दिया।

इसी बँटवारे के अनुसार माँ बेटों के यहाँ चक्कर काटती रहती। यानी कृष्ण पक्ष में प्रतिपदा से अमावस्या तक बड़े बेटे महेश के यहाँ और शुक्ल पक्ष में प्रतिपदा से पूर्णिमा तक छोटे बेटे सुरेश के यहाँ आस लगाए रहती।

सुरेश की पत्नी कमला इसीलिए बेचैन हो रही थी कि उसके हिस्से में तो

अम्मा की बारी शुक्ल पक्ष यानी उजेला पाख में होती है लेकिन अम्मा तो अभी से ही फट पड़ी।

अम्मा की यह बात सुनते ही बहू के मन में इतना गुस्सा आया कि उसका बस चलता तो वह अम्मा का गला दबा देती लेकिन वह सीधे कुछ नहीं कह सकी क्योंकि एक तो महरिन के सामने उसे अपना असली चेहरा छिपाना था वहीं दूसरी ओर सबेरे-सबेरे पंगा करके आज पड़ोस में जाने का कार्यक्रम चौपट नहीं करना चाहती थी। इसीलिए उसने बड़े चालाकी से कहा,

"अम्मा आज तो मेरा व्रत है।"

"आज किस बात का व्रत बहू?"

"बुधवार का व्रत है अम्मा।"

"तुम तो सोमवार का व्रत रखती थी।"

"अम्मा अब सोमवार के साथ ही बुधवार का भी व्रत रख रही हूँ।"

"क्या किसी पंडित ने बताया है?"

"हाँ अम्मा।"

"कब बताए?"

"अम्मा ! ज्यादा पूछा-ताछी मत करो?" बहू ने तेज आवाज में कहा।

अम्मा को लगा कि बहू अब अपना रौद्र रूप दिखाने वाली है इसलिए वह अपनी बात टालने का प्रयास करने लगी।

"नहीं बहू, ऐसी कोई बात नहीं है, मैं तो ऐसे ही कह रही हूँ।"

"अम्मा! तू फूला दीदी के यहाँ क्यों नहीं चली जाती," बहू ने कहा।

फूला बूढ़ा के भतीजे की पत्नी थी और उनको बहुत मानती थी।'

"बहू! अपने बेटे-बहुरिया को छोड़कर किसी के यहाँ रोटी के लिए जाना कैसा लगेगा। मैं तो नहीं जाऊँगी।'

"एक बेला में ऐसी कौन आफत आ जाएगी।"

"नहीं बहू, मैं वहाँ नहीं जाऊँगी।"

"तो अम्मा चना-चबैना ले लो और थोड़ा चोटा दे रहे, उसका सरबत बनाकर पी लेना। एक टाइम में कुछ न बिगड़ जाएगा।"

"नहीं बहू रहने दो।"

अम्मा ने कल भी कुछ नहीं खाया था। कल महेश और उसकी पत्नी में इतनी लड़ाई हुई कि उनके घर चूल्हा ही नहीं जला। बच्चों ने तो दोपहर का बचा हुआ

बासी खाना खा लिया मगर अम्मा भूखी रह गई। आज महेश सबेरे-सबेरे शहर चला गया और उसकी बहू पिड़ासिन देवी के दर्शन का बहाना बनाकर घर से खिसक गई।

यह वही अम्मा थी जिसका उनके पति के जीवन-काल में दोनों बेटे-बहुएँ रात-दिन खयाल रखते थे। उनमें होड़ लगी रहती थी कि कौन सबसे पहले अम्मा को सुबह-सुबह चाय पिला दे, नहाने के लिए पानी रख दे, कपड़े साफ कर दे, खाना-बिस्तर की व्यवस्था कर दे, पैर दबा दे, सिर पर तेल रख दे, चोटी कर दे... मगर पति के आँख मूँदते ही वह इन सबके लिए बेगानी हो गई। अब वह अपने ही बेटों के दरवाजे पर भिखारिन की तरह रोटी के लिए भटकती रहती है। ज्यादातर भिखारियों को तो भीख मिल ही जाती है पर उसे तो भीख भी नसीब नहीं हो रही है।

यही सोचते-सोचते अम्मा धीरे-धीरे चलकर घर के सामने नीम के पुराने पेड़ के नीचे तक आ गई मगर भूख से व्याकुल अम्मा से चला नहीं जा रहा था इसलिए वह वहीं बैठ गई। नीम के पेड़ पर एक कौवा बैठा था और कहीं से लाई हुई रोटी खा रहा था तभी अचानक उसकी रोटी अम्मा के पास गिरी।

अम्मा ने रोटी को अपने हाथ में उठा लिया। उसके मन में अन्तर्द्वन्द्व चलने लगा। भूख उसे रोटी खाने के लिए प्रेरित कर रही थी जबकि उसका स्वाभिमान उसे रोक रहा था। यह सोचते-सोचते वह अपने अतीत में खो गई। बच्चे बाहर पढ़ते थे। जब कई दिन बीत जाते तो वह उनकी यादों में व्याकुल हो जाती। आँगन की मुड़ेर पर बैठे कौए से वह कहती जा मेरे बेटों को बुला ला, तुम्हें रोटी दूँगी। कभी-कभी ऐसा कहते-कहते वह कौए की ओर रोटी फेंक देती और कौआ उस रोटी को लेकर उड़ जाता था। फिर आगे वह सोचने लगी कि उसकी कितनी अच्छी घर-गृहस्थी थी। सारा गाँव उसे सम्मान से मलकिन कहता था, पर आज ऐसे दिन आ गए कि वह रोटी के लिए अपने ही बेटों के दरवाजे पर भटक रही है। फिर उसे लगा कि वह इस दुनिया से विदा हो रही है और उसके बेटे-बहू इस हिसाब-किताब को लेकर एक-दूसरे से लड़ रहे हैं कि अम्मा मेरे घर ज्यादा दिन रहीं तुम्हारे घर कम दिन रहीं इसलिए अम्मा के क्रिया-कर्म में तुम्हें ज्यादा पैसा देना होगा...। थोड़ी देर बाद अम्मा बेसुध होकर पूरी तरह जमीन पर गिर गई। वहाँ से गुजरते हुए पास-पड़ोस के लोगों ने देखा कि वह बुखार से तप रही है। माथे पर पसीना बह रहा है और वह लगातार बड़बड़ाए जा रही है, 'मैं बँट गई...बँट गई...' और पेड़ पर बैठा कौआ काँव-काँव कर रहा है लेकिन उसके काँव-काँव से यह ध्वनि निकल रही है, 'अम्मा बँट गई...अम्मा बँट गई...।'

✪✪✪